JEUNESSE

Les fantômes bleus
sont les plus malheureux

Du même auteur

Le Verbe cœur, poésie, la courte échelle, 2002.

SÉRIE MARIE QUATDOIGTS
Marie Quatdoigts, coll. Bilbo, Québec Amérique, 2002.
Les Idées noires d'Amélie Blanche, coll. Bilbo, Québec Amérique, 2003.
La Vie cachée d'Éva, coll. Bilbo, Québec Amérique, 2004.

Les fantômes bleus
sont les plus malheureux

ROGER DES ROCHES

ILLUSTRATIONS : EVA ROLLIN

QUÉBEC AMÉRIQUE Jeunesse

Catalogage avant publication de Bibliothèque et Archives Canada

Des Roches, Roger
Les fantômes bleus sont les plus malheureux
(Fantômes; v. 1)
(Bilbo; 151)
ISBN 2-7644-0427-1
I. Titre. II. Collection: Des Roches, Roger. Fantômes; 1. III. Collection:
Bilbo jeunesse; 151.
PS8557.E87F36 2005   jC843'.54   C2005-941587-8
PS9557.E87F36 2005

Conseil des Arts   Canada Council
du Canada   for the Arts

Nous reconnaissons l'aide financière du gouvernement du Canada
par l'entremise du Programme d'aide au développement de l'industrie
de l'édition (PADIÉ) pour nos activités d'édition.

Gouvernement du Québec – Programme de crédit d'impôt pour
l'édition de livres – Gestion SODEC.

Les Éditions Québec Amérique bénéficient du programme de subvention
globale du Conseil des Arts du Canada. Elles tiennent également à
remercier la SODEC pour son appui financier.

Québec Amérique
329, rue de la Commune Ouest, 3e étage
Montréal (Québec) H2Y 2E1
Téléphone: (514) 499-3000, télécopieur: (514) 499-3010

Dépôt légal: 3e trimestre 2005
Bibliothèque nationale du Québec
Bibliothèque nationale du Canada

Révision linguistique: Céline Bouchard
Mise en pages: Andréa Joseph [PageXpress]

À Germaine Deschenes-Desroches
1910-2004

Prologue

Croyez-vous aux fantômes ?

I maginez que je suis là, tout seul,
debout près du tableau vert.

J'ai vingt-sept paires d'yeux fixées
sur ma pauvre petite personne.

Je tremble.

Un peu.

J'ai oublié mes notes sur mon
pupitre.

Avouons-le : je tremble *beaucoup*. Mes genoux claquent ensemble, mes jambes sont de coton,
mon ventre fait « brglrgrrr ! » assez
fort pour que tous l'entendent.

Il fait chaud. Oh, oui ! Plutôt
chaud, même ! Alors que maman
adore parler en public et qu'elle est

d'ailleurs présidente de toutes sortes de clubs et d'organismes, moi, je *déteste* prendre la parole devant les élèves de ma classe.

Je n'ai plus une goutte de salive dans la bouche.

J'ai la langue collée au palais.

Je me dis que je vais m'évanouir.

Je me dis que, quand viendra le temps, j'aurai désappris à parler.

Je me dis que – misère de misère! – la fermeture éclair de mon pantalon est sûrement grande ouverte et qu'il est trop tard pour corriger la situation (imaginez maintenant les rires des quatorze filles de ma classe).

Mademoiselle Élise me fait un signe de la main.

Bon. Voilà. Plus le choix maintenant: il faut se jeter dans le vide!

Imaginez donc que je dise, d'une voix enrouée par la nervosité:

—Bonjour. Hum ! Je m'appelle hh-hum ! Jean-Stanislas Dubois. Aujourd'hui, hh-hh-hum ! dans le cadre de l'exposé oral intitulé « Partagez avec vos amis l'une de vos plus récentes découvertes », je vais vous expliquer hh-hh-hh-hummm ! comment l'on doit s'y prendre pour capturer un fantôme...

Soyez honnêtes, les amis, et dites-moi : que se passerait-il ?

Scénario n° 1 : j'ai à peine le temps de terminer ma phrase que la classe tout entière éclate d'un grand rire sonore, vibrant, retentissant, *tonitruant* !

Scénario n° 2 : par le plus grand, par le plus incroyable, le plus *improbable* des hasards, on me laisse continuer mon exposé. À la fin, il y a un long silence. Je ferme les yeux. Puis, soudain, venant de partout, une pluie de gommes à effacer,

d'élastiques, de boulettes de papier et de pâte à modeler me tombe dessus ! Et mademoiselle Élise, le visage tout rouge comme si elle venait d'avaler une demi-douzaine de petits piments, m'ordonne de me présenter sur-le-champ au bureau de la directrice intérimaire.

Aucune raison de s'étonner, car la plupart des gens – les adultes, du moins – ne croient aux fantômes que par certains soirs d'orage, quand ils sont seuls dans une maison trop grande et pleine d'ombres, et quand cette maison craque davantage que d'habitude.

Toutefois, si vous interrogez ces personnes en plein jour, au soleil, alors qu'elles se rendent à leur boulot ou qu'elles s'apprêtent à travailler dans leur jardin, elles jureront jurécrachéallonsdonc que les fantômes, *ça n'existe pas* !

Voilà quelques semaines, j'aurais sans doute, moi aussi, affirmé la même chose.

Mais aujourd'hui, je sais que les fantômes existent.

Oui! Pour vrai!

Vous ne me croyez pas?

Vous prétendez que j'ai perdu la tête?

Vous grommelez qu'on ne dit pas de choses pareilles lorsqu'on est un jeune garçon en pleine croissance et sain d'esprit?

Je comprends tout à fait vos réactions.

Mais laissez-moi vous raconter…

1

J.-S. D., collectionneur amateur-professionnel

Bonjour. Je m'appelle Jean-Stanislas Dubois.

Mon père s'appelle Pierre-Jean Dubois. Il est né en France, dans la ville de Caen. Arrivé au pays à l'âge de seize ans avec un de ses oncles, il enseigne aujourd'hui la physique à l'université. On dit de lui qu'il est l'un des spécialistes mondiaux de l'antimatière. Croyez-vous qu'il pourrait, un jour, m'en confier la recette ou m'en rapporter quelques spécimens ? Ne serait-ce pas chouette, dites, d'avoir plein de petits tas d'antimatière un peu partout dans ma chambre ?

Ma mère s'appelle Louise Sanche. Elle est née à Saint-Simon-le-Lac-Encore-Gelé, une bourgade de quelques centaines d'habitants située à vingt-cinq kilomètres d'ici. Elle dirige, d'un petit bureau qu'elle a aménagé au rez-de-chaussée de notre maison, une entreprise de publicité. C'est elle qui a imaginé les pubs où l'on voyait des enfants sauter dans une piscine pleine de yogourt à la mangue. Vous vous souvenez ? Moi, si ! Et jamais je ne mangerai de yogourt à la mangue, même si l'on me menace des pires tortures !

J'ai eu douze ans le 3 octobre (ce qui n'a rien changé au fait que je sois l'un des plus petits de ma classe, que j'aie les cheveux tout bouclés, un nez minuscule et des oreilles pas très grandes non plus).

Pour mon douzième anniversaire, mes parents m'ont organisé une fête très sympathique.

Sont venus, du côté des adultes : grand-maman Rose (Sylvette, la mère de mon père, vit toujours à Caen) ; tante Sophie, la sœur cadette de ma mère, et Simone, une ancienne amoureuse de papa, devenue par je ne sais quel tour de magie une grande amie de la famille.

Étaient également présents, chez les jeunes cette fois, mes quatre meilleurs amis : Cassandrah Gagnon (c'est elle qui a ajouté le *h* à son prénom, parce que ça lui donne, prétend-elle, un air de mystère), Pierre-Yves Meyer (le fort en maths de la classe), Richard Richard (que nous appelons R^2) et Mireille Clément (qui est beaucoup trop jolie pour que j'espère parvenir à vous la décrire).

Nous vivons, mes parents et moi, dans une grande maison construite en bordure du parc du Millénaire, lui-même voisin de l'école Soleil du Millénaire, que je fréquente depuis la maternelle.

Ma chambre est au grenier.

J'ai dû y emménager voilà quelques semaines.

Mon ancienne chambre, au premier, ne pouvait plus héberger mes collections.

▲ ▼ ▲

Pendant un certain temps, mes collections ont inquiété mes parents. « Une seule collection, ça va, disaient-ils. Deux, ça va encore. Mais des douzaines ? Et des douzaines de douzaines ? »

— On dirait parfois que tout ce que Jean-Stanislas voit, il rêve de le collectionner ! soupira un jour maman.

— Qui d'autre que lui possède une collection de savonnettes d'hôtel ? ajouta papa. Il en a un plein sac à dos !

Mes parents croyaient que je souffrais du TOC.

« Je souffre du toc, moi ? pensai-je lorsque, passant devant leur chambre, je les entendis discuter. Pourquoi pas du tic ou du tac, pendant qu'on y est ? »

Je les entendis également murmurer des mots tels que : anxiété, insécurité et *monpauvrepetitgarçon adoré* !

Si je n'avais pas été si préoccupé par un devoir de maths que je n'arrivais pas à terminer, j'aurais fouillé dans un dictionnaire ou une encyclopédie, et j'aurais découvert que TOC est une abréviation qui signifie trouble obsessif-compulsif. Mais j'aurais alors peut-être eu peur.

Une semaine plus tard, mes parents m'emmenaient rencontrer un psychologue qui me posa des tas de questions et consigna avec soin mes réponses sur de grandes feuilles de papier quadrillé.

— Pourquoi collectionnes-tu tant de choses ? me demanda-t-il.

Au mur, derrière lui, on pouvait voir une douzaine de diplômes encadrés. Je me suis dit que cet homme devait être incroyablement intelligent ou incroyablement vieux, car mon père, spécialiste de l'antimatière, n'a que deux diplômes accrochés au mur de son bureau.

— Je collectionne des choses parce que j'adore ça, répondis-je. C'est amusant. J'ai toutes sortes de collections. Des boîtes et des boîtes pleines, empilées jusqu'au plafond !

Ma bibliothèque déborde. Tout comme ma garde-robe d'ailleurs ! Les tiroirs de ma commode ferment de justesse. Ma mère ne sait plus où ranger mes chaussettes. J'ai même dû déplacer quatre de mes collections sous mon lit : mes billes, mes robots, mes capsules de boissons gazeuses et mes grenouilles.

Le psychologue grugea un instant la gomme à effacer au bout de son crayon. Il me regarda droit dans les yeux et fit :

— Dirais-tu, mon cher Jean-Stanislas, que tu ne peux *pas* vivre dans le *désordre* ? Qu'il faut *à tout prix* que *tout* soit parfaitement *en ordre* ?

— Oh, non ! Le désordre aussi, c'est amusant, répondis-je avec un grand sourire. Maman me gronde sans cesse parce que mes vêtements traînent partout autour de mon lit. Elle dit souvent : « On croirait qu'au

lieu de te déshabiller, tu as explosé ! »
Parfois, lorsque j'ai terminé mes devoirs, mon plancher est couvert de
feuilles chiffonnées. Il arrive même
que je mette une bonne heure à retrouver ma brosse à dents !

Le psychologue fit un petit
« Hum ! » Il se gratta la tête (qu'il
avait très dégarnie). Il demanda, en
fronçant les sourcils :

— Chaque soir, avant d'aller au
lit, dois-tu, pour réussir à t'endormir, compter tous les objets que
contiennent tes collections ?

Je me grattai la tête à mon tour
(mais moi, je ne suis pas chauve).

— Pourquoi donc ferais-je cela ?
J'y passerais toute la nuit !

Le psychologue mordilla le centre
de son crayon comme s'il voulait le
couper en deux (il avait de longues
dents pareilles à celles d'un lapin). Il
dit enfin :

— Bien sûr, chacune de tes collections est classée par ordre alphabétique, n'est-ce pas ?

— Non, monsieur.

— Hum… Par couleurs, alors ?

— Non, monsieur.

— Par ordre de grandeur, peut-être ?

Je fis non de la tête.

Le psychologue hésita longtemps. Il me semblait un peu contrarié. Avais-je mal répondu à ses questions ? Il se secoua.

— Combien de collections possèdes-tu ?

— Je ne sais pas… Depuis le temps, j'ai perdu le compte. Ma première collection, je l'ai commencée à l'âge de quatre ans. Une collection de boutons. Mes parents perdent des boutons à tout bout de champ. Des boutons de chemises, des boutons de pantalons, des boutons de jupes. Aujourd'hui, ma collection de boutons est immense, énorme, *colossale*...

Le psychologue suça la pointe de son crayon, il la croqua un peu.

—Éprouves-tu certaines difficultés à te faire des amis? demanda-t-il.

—Oh non, monsieur! J'en ai même quatre, et de très bons: Cassandrah avec un *h*, Pierre-Yves, R^2 – qui s'appelle, pour vrai, Richard Richard, parce que ses parents ont vraiment manqué d'imagination – et Mireille...

Maintenant que j'y songe, vous ai-je dit, chers amis, que Mireille possède:

*Des cheveux blonds
comme le soleil en été
Des yeux verts
comme la mer en automne*

Des dents blanches
comme la neige en hiver
Une peau rose
comme le ciel au printemps

D'accord, je vous le concède, on ne voit pas très souvent de ciel rose au printemps – sauf peut-être au lever ou au coucher du soleil –, mais vous comprendrez qu'il s'agit ici d'un poème. Un poème que j'ai composé en secret. Dans un poème, on peut écrire tout ce qui nous passe par la tête…

Le psychologue lança son crayon derrière lui, en prit un neuf, parfaitement taillé, d'un coffre en bois placé à droite, sur sa table de travail, et il se mit aussitôt à en gruger la gomme à effacer.

—Dirais-tu, mon cher Jean-Stanislas, fit-il, que tu collectionnes les amis à deux pattes comme tu collectionnes les boutons à quatre trous ?

Devant mon air dévasté, il bredouilla des excuses, puis demanda :

—Connais-tu le trouble obsessif-compulsif ?

—C'est ça, le tac ? fis-je.

—Non, c'est ça, le TOC.

—Est-ce le nom de ma maladie ?

Le psychologue fit un autre petit « Hum ! » Il tambourina des doigts sur son bureau, puis rappela mes parents, qui avaient passé tout ce temps dans la salle d'attente. Ils prirent place de chaque côté de moi. Ma mère avait les yeux rouges et gonflés.

En silence, prenant tout son temps, le psychologue mordilla le centre de son crayon, puis en croqua la pointe, lança le crayon derrière lui et en prit un neuf, parfaitement taillé, du coffre en bois sur sa table de travail. Il se cala dans son fauteuil et, après quelques secondes, déclara enfin :

— Ma chère madame Sanche, mon cher monsieur Dubois, voici mon diagnostic final et inattaquable : votre fils ne souffre pas – je le répète – votre fils ne souffre *pas* du trouble obsessif-compulsif.

Maman laissa échapper un long soupir de soulagement.

Papa applaudit.

Au cinéma, une musique joyeuse, énergique, *triomphale* aurait accompagné l'annonce de la bonne nouvelle.

— Il s'agit plutôt, continua le psychologue, d'un trait de personnalité très peu connu. Si peu connu, d'ailleurs, qu'il ne figure dans aucun ouvrage savant. Mais ça va changer bientôt, quand paraîtra mon prochain article dans *Le psychologue attachant*! Il s'agit donc du SDCJ : le syndrome du collectionneur juvénile. Votre fils, Jean-Stanislas, a atteint le niveau « a.-p. », c'est-à-dire « amateur-professionnel », du SDCJ. Le syndrome du collectionneur juvénile naît habituellement chez un enfant à la suite d'un traumatisme causé par la perte d'un être ou d'un objet qui lui est cher…

« Gaston ! » pensai-je aussitôt avec stupeur (et dans un film, quelques notes dramatiques auraient ponctué la scène : *ta-da-dam, ta-da-dam* !). Oui ! Mon ourson Gaston ! Mon tout premier ourson, mon plus fidèle ami, le compagnon de tous mes jours et de toutes mes nuits, disparu lors d'un déménagement quand j'avais à peine trois ans. Gaston qui, certains soirs, me racontait des histoires, quand celles de maman ou de papa ne suffisaient pas à m'endormir. Gaston, à qui il manquait une oreille, la gauche, je crois, mais qui savait m'écouter quand même.

Voilà donc d'où provenait mon SDCJ ! J'avais perdu mon ourson à l'âge de trois ans. Depuis, je tentais de compenser cette perte en accumulant, en entreposant, en collectionnant des centaines d'objets.

— Mais que faut-il faire maintenant ? demanda maman, inquiète.

— Y a-t-il des pilules pour traiter ça ? demanda papa, qui croit, il va sans dire, aux miracles de la science moderne.

Le psychologue sourit, puis prit un air sérieux, puis sourit à nouveau. Peut-être écrivait-il déjà son article savant dans sa tête.

Il grugea la gomme à effacer de son crayon, puis décréta :

— Offrez-lui une chambre plus grande. Voilà ce que je vous conseille très fortement. La plus grande, la plus vaste chambre possible. Car un enfant atteint du syndrome du collectionneur juvénile peut étouffer en très peu de temps, si la chambre qu'il occupe ne peut accueillir toutes ses collections.

Le psychologue se leva, ouvrit un tiroir, en sortit un appareil photo et le tendit à maman.

— Chère madame, accepteriez-vous de nous prendre en photo, Jean-Stanislas et moi ? Ce serait pour illustrer mon prochain article…

Voilà donc, chers amis, comment j'ai hérité du grenier.

▲ ▼ ▲

Deux semaines plus tard, après un ménage en règle, deux couches de peinture bleue, le transfert au grenier de mon lit, de mes tables de chevet, de ma berçante, de ma commode, de ma table de travail et de ma psyché, et après la construction d'imposantes étagères, j'ai déménagé :

- ma collection de boutons,
- ma collection de billes,
- ma collection de peluches,
- ma collection de robots,
- ma collection de réveille-matin,
- ma collection de pots et de jarres en tous genres,
- ma collection de tortues, celle de girafes, celle de dinosaures,

ainsi que des dizaines d'autres que j'éviterai d'énumérer, car je ne veux pas vous faire bâiller.

— N'auras-tu pas peur, là-haut ? demanda ma mère.

Notre grenier est plutôt grand; il fait toute la longueur et toute la largeur de la maison. Même si le plafond en pente dérobe une partie de l'espace utilisable, on a la curieuse impression d'être dans un endroit beaucoup plus vaste qu'il ne l'est en réalité. Mais maman parlait d'autre chose:

Les Ombres…

Plus nous avançons vers le fond de la pièce, moins il y a de lumière. Et moins il y a de lumière, plus il y a d'ombres. Des ombres touffues, vivantes, soupirantes. Des ombres qui ont des bras, des mains, et des doigts crochus. Des ombres qui ricanent entre elles, là-bas, en attendant le moment propice pour nous sauter dessus. Papa m'a dit qu'il m'installerait bientôt quelques lampes mais, sans doute trop occupé à fabriquer de l'antimatière à l'université, il n'a pas encore eu le temps de le faire.

Ce jour-là, maman se doutait bien que, lorsque je me mettrais au lit, que la lumière du jour aurait fui et qu'il n'y aurait que ma lampe de chevet d'allumée, presque toute cette immense pièce serait livrée aux *Ombres*. Maman craignait qu'elles me terrorisent.

Brandissant l'énorme lampe de poche que j'avais trouvée au sous-sol, je la rassurai :

— Pourquoi aurais-je peur, maman ? Ce n'est quand même pas comme si j'emménageais dans une maison hantée !

Papa eut un petit rire.

— Si jamais tu vois des fantômes ici, c'est que l'exterminateur a mal fait son boulot. Sa garantie était pourtant claire : pas d'araignées, pas de cloportes, pas de fantômes pour les trois prochaines années !

2

Une nouvelle collection et un cadeau-mystère

Oublions les ombres dans mon grenier, si vous le voulez bien, et revenons à ma fête d'anniversaire.

Il s'agissait de la première où mes amis n'étaient pas les seuls invités.

La présence d'une délégation d'adultes me mettait mal à l'aise, nerveux, fébrile, *inquiet*.

Je craignais que mes parents réclament un discours.

Qu'aurais-je pu dire à tout ce monde ? Peut-être :

— Avoir douze ans, pour un enfant, c'est comme lorsqu'un adulte atteint quarante ou cinquante ans.

Une étape importante, dramatique même : tout à coup, l'on comprend qu'une très grande partie de sa vie se retrouve à jamais derrière soi.

Hum… Heureusement, je n'eus pas à prononcer de discours.

Mes seules fonctions officielles furent déballeur de cadeaux et dévoreur de gâteau et de crème glacée. J'y excellai.

Parlant de cadeaux, voici celui que j'attendais avec impatience : une guitare électrique, accompagnée d'un petit amplificateur et d'un manuel d'instructions intitulé *Devenez une star rock en trois accords*. Maman n'avait pas oublié ! Mais, à la grande hilarité de toutes les personnes présentes, elle me prévint aussitôt :

— Jean-Stanislas, ne va surtout pas commencer une collection de guitares avant de pouvoir jouer parfaitement de celle-ci !

▲ ▼ ▲

Je me défilai poliment lorsque, après m'avoir offert son cadeau (une boîte de chocolats en forme de cœur), Cassandrah avec un *h* voulut m'embrasser… Mais il me poussa de petites ailes aux pieds quand je m'aventurai, un peu plus tard cet après-midi-là, à embrasser Mireille et qu'elle ne s'enfuit pas en hurlant.

Nos trois amis étaient retournés chez eux. Les adultes discutaient et riaient au séjour en buvant du vin rosé et en grignotant les petites bouchées qu'avait préparées tante Sophie.

— Est-ce que ça signifie, chuchota Mireille avec un sourire que je ne saurais vous décrire tant il était doux et lumineux, que nous sommes dorénavant beaucoup plus que des amis ?

Mes petites ailes battaient à une telle vitesse qu'elles m'empêchaient de penser correctement, mais je parvins tout de même à hocher la tête et à dire :

— Oui, je crois, je veux bien, j'adorerais ça…

Puis j'ajoutai :

— Tu n'as pas vu ma nouvelle chambre, n'est-ce pas ?

Nous montâmes au premier, puis grimpâmes l'escalier de bois qui mène au grenier. Je soulevai la porte et laissai passer Mireille devant moi.

Elle fit un grand « Oh ! » lorsqu'elle émergea dans ma chambre.

— Tout ça, c'est à toi maintenant ?

— Seulement si je m'occupe du ménage. Je l'ai promis à maman. Elle refuse de monter jusqu'ici avec un aspirateur accroché au cou !

En plein après-midi, avec la lumière qui entrait par l'œil-de-bœuf au-dessus de mon lit, les ombres avaient reculé et se tenaient bien tranquilles au fond de la pièce.

À droite, à gauche et au centre, formant deux profonds couloirs, l'on retrouve des étagères, encore des étagères, toujours des égagères. Et sur les rayons de ces étagères, la totalité de mes trésors, de mes souvenirs, de mes collections.

Je pris la main de Mireille dans la mienne et lui fis lentement faire le tour du propriétaire.

Elle ne dit rien pendant quelques minutes. Elle jetait des coups d'œil à gauche, à droite, de haut en bas, alors que nous avancions dans ce que, le matin même, j'avais décidé de baptiser Le grand hall des collections.

— Pourquoi collectionnes-tu tant de choses ? demanda-t-elle

enfin, reprenant mot pour mot la question du psychologue.

J'avais disposé par terre, juste en face de ma collection de dinosaures (surtout composée de tyrannosaures et de tricératops), une douzaine de coussins, des petits, des moyens, des gros. La totalité de ma collection de coussins. Nous nous enfonçâmes dedans comme si nous prenions place à bord d'un nuage multicolore.

— Je ne sais pas, répondis-je, mais j'adore être entouré par ces choses. J'ai l'impression de vivre dans un grand magasin où l'on vend de tout…

Mireille eut un autre sourire impossible à décrire (ses lèvres devraient se voir décerner le diplôme d'Expertes en sourires indescriptibles). Elle déclara:

— Pas un magasin, Jean-Stanislas, plutôt un musée. Mais pas ennuyeux comme les musées où papa m'entraîne chaque fois qu'il imagine que je vais bientôt manquer de culture générale. Ta chambre est comme un musée qui raconterait l'histoire de ta vie.

—Oui, c'est exactement ça ! m'exclamai-je (et j'aurais voulu embrasser Mireille une seconde fois, mais je ne le fis pas).

Je décidai aussitôt que Le grand hall des collections s'appellerait dorénavant Le musée J.-S. D.

Mireille me fixa du regard un instant.

—J'ai une idée pour une nouvelle collection, fit-elle.

—Quelle sorte de collection ? demandai-je.

Elle m'embrassa bruyamment et lança :

—Ça te fait maintenant deux baisers pour ta nouvelle collection !

Ce n'était plus des petites ailes que j'avais aux pieds, mais des fusées !

▲ ▼ ▲

Les adultes restèrent pour dîner. Papa avait préparé un repas gastronomique, mais il avait pris soin de commander, pour le dessert, le meilleur gâteau au chocolat du monde entier : Le délire de l'Aztèque.

J'obtins le privilège de goûter les vins qu'avait apportés grand-maman Rose.

D'abord le blanc :

— Hummmm…, fis-je d'un ton très sérieux, après avoir remué une gorgée longuement dans ma bouche et l'avoir avalée. Joyeux, franc, on y retrouve beaucoup d'ananas. Et des agrumes, bien sûr. Est-ce que je discerne aussi de la canelle ?

Puis le rouge :

— Hummmmmmmm…, fis-je plus longuement encore, car le millésime de ce bordeaux m'avait impressionné. Très long en bouche. Un tanin puissant. Au départ, on goûte les petits fruits rouges, ensuite viennent des… prunes. Oui, c'est ça, des prunes. Et une légère touche poivrée. De la réglisse aussi…

Oh ! Qu'est-ce que je raconte là ?

Vous vous doutez bien que, même le jour de mon anniversaire, on ne me laissa pas boire de vin. J'eus plutôt droit, pour accompagner les hors-d'œuvre, à du jus de canneberge blanche servi dans une jolie flûte et, pour les autres plats, à du jus de raisin versé dans un ballon. C'était à s'y méprendre !

Le repas se déroula dans la bonne humeur. Grand-maman Rose fit rougir maman (et crouler papa de rire) en relatant des anecdotes qui s'étaient déroulées lors du douzième anniversaire de maman et qu'elle eut voulu garder cachées à tout jamais. Il fut question, entre autres, d'un garçon nommé Bertrand, de son gros bouquet de fleurs et de sa bague de fiançailles… en plastique. Pendant que grand-maman Rose racontait comment Bertrand avait pourchassé maman partout à travers la maison pour l'embrasser (« Les lèvres comme ça : mmununnn… mmununnn ! »), moi, je pensais à Mireille et à ma… non, non… à NOTRE collection de baisers.

Le repas se termina tard.

J'étais heureux et gavé.

Après avoir souhaité bonne nuit à tous, je montai au grenier, traînant ma nouvelle guitare, l'ampli et le manuel. J'étais déterminé à apprendre un premier accord avant de dormir, même si je craignais que le sommeil ne me kidnappe bien avant que j'y sois parvenu.

À peine quelques minutes plus tard, le bout des doigts déjà douloureux, j'allais descendre de mon lit pour aller refermer ma porte quand la tête de grand-maman Rose apparut dans l'ouverture.

— Coucou ! fit-elle.

Puis elle grimaça et dit :

— Ta mère – ma propre fille ! –, voulait m'interdire de monter jusqu'à ta chambre, prétextant que j'avais peut-être un peu trop bu pour une femme de mon âge. Tu te rends compte ? J'ai soixante-quatre ans, pas cent quatre, et je cours encore deux kilomètres chaque matin ! Je peux entrer ?

Grand-maman Rose entra, puis s'assit sur le bout de mon lit. Elle déposa par terre l'énorme sac de cuir qui ne la quitte jamais. Elle regarda longuement autour d'elle, et je m'aperçus que, alors que j'étais occupé à maîtriser l'accord de sol, les ombres en avaient profité pour gagner beaucoup de terrain. Puis elle déclara :

—La caverne d'Ali Baba... moins les quarante voleurs !

Elle fouilla dans son sac et en sortit un petit paquet joliment enrubanné.

— Joyeux douzième anniversaire, mon beau Jean-S. ! (Elle m'appelle toujours Jean-S.)

— Mais grand-maman, fis-je en hésitant, tu m'as déjà donné un cadeau ! Une super montre de poche. Tu te souviens ?

Elle fronça les sourcils et dit :

— Ne crains rien, je ne perds pas la mémoire !

Puis elle ajouta avec un air complice :

— La montre, c'était un hors-d'œuvre, si tu veux. Voilà ton *vrai* cadeau.

Le sommeil oublié, j'allais déballer le paquet quand grand-maman Rose m'arrêta :

— Pas tout de suite, Jean-S. Attends que je sois partie. Ce

cadeau-là, il faut que tu le découvres seul… Et tu ne dois pas en parler à tes parents.

J'ouvris la bouche pour protester, mais grand-maman Rose continua:

— Ils sont trop vieux. Ils ne comprendraient pas. Toi, mon beau Jean-S., tu as exactement l'âge qu'il faut.

Puis elle murmura, comme pour elle-même:

— Bien sûr, si tu étais une jeune fille, ce serait plus fidèle à la tradition… Ah! et puis pourquoi pas? Les traditions sont là pour être chamboulées.

Elle se leva, reprit son sac et bâilla.

— C'est bien beau, tout ça, fit-elle, mais j'ai un avion à prendre demain soir, et mes bagages ne sont toujours pas prêts.

—Où vas-tu, cette fois ? demandai-je.

—À Paris. Pour deux semaines seulement. Ou peut-être trois. Ou quatre, qui sait ?

Me lançant un clin d'œil :

—J'ai un rendez-vous. Un rendez-vous gallant. Un ex-ambassadeur que j'ai rencontré l'an dernier à Las Vegas. Tout à fait charmant. À peine quatre ans plus jeune que moi. Mais ça aussi, Jean-S., c'est un secret. Jure-moi que tu n'en glisseras pas un mot à ta mère ! Depuis notre divorce, à ton grand-père Henri et moi, ma pauvre Louise me croit mûre pour la maison de retraite ! Si elle savait que mon précieux Henri est au courant de l'histoire avec l'ex-ambassadeur et qu'il approuve, elle en ferait une maladie !

Puis, du rez-de-chaussée, la voix de ma mère nous fit sursauter :

— Maman ! Ton taxi est arrivé !

3

Comment ma vie changea

Voici, dans l'ordre, comment certains événements changèrent ma vie.

Après avoir lancé à tue-tête « Bonne nuit, m'man, bonne nuit p'pa, beaux dodos, beaux rêves ! », je rabattis la porte de ma chambre.

Je sautai sur mon lit.

J'attrapai mon cadeau-mystère.

Je le déballai en deux temps trois mouvements (mais sans rien déchirer, car je collectionne les papiers d'emballage).

Et je me grattai la tête.

Car je ne comprenais plus rien à rien.

Car le petit paquet de grand-maman Rose comprenait :

- une enveloppe cachetée à la cire rouge ;
- une paire de lunettes cerclées de fer ;
- un livre minuscule.

Je restai un long moment immobile, assis en tailleur sur mon lit.

Que signifiait tout ça ?

La première chose qui me vint à l'esprit fut : « Grand-maman, je ne collectionne pourtant ni les lunettes ni les livres. » (En vérité, oui, je possède une collection de livres, mais seulement des livres de recettes de desserts.)

Les lunettes étaient antiques, fragiles et plutôt tordues.

Le livre, lui, avec ses dorures et son cuir patiné par les années,

paraissait sortir tout droit de la pré-
histoire.

Et, surprise par-dessus la surprise, le livre ne contenait qu'une
centaine de pages… blanches !

—Les solutions à ces énigmes
sont dans la lettre, soufflais-je sans
trop savoir pourquoi.

Puis j'ajoutai :

—J'espère !

Je brisai le cachet.

J'ouvris l'enveloppe, qui portait
l'inscription *À mon beau et très cher
Jean-S.*

Je sortis quatre feuillets de papier
mauve très épais et couverts recto-
verso de la fine écriture de grand-
maman Rose. Je me mis à lire :

Joyeux anniversaire !
Tout d'abord, mon beau Jean-S.,
avant d'aller plus loin, chausse immé-

diatement tes nouvelles lunettes et
attends quelques secondes…

Allez ! Fais ce que je te demande !

— D'accord, grand-maman Rose,
d'accord !

Prenant soin de ne pas les tordre
davantage, j'enfilai les lunettes.

Les verres devaient être rayés ou
tachés, car soudain tout est devenu
flou.

De plus, comme je l'avais deviné,
ces lunettes étaient beaucoup trop
grandes pour moi. Je ne pouvais
presque plus bouger : à la moindre
respiration, elles glissaient sur mon
nez et, à peine retenues par mes
oreilles, elles menaçaient de tomber
à tout moment.

J'attendis.

Grand-maman Rose m'avait
demandé d'attendre quelques
secondes.

J'attendis donc encore un peu.

Puis, soudain…

Les lunettes s'ajustèrent d'elles-mêmes. Parfaitement.

Et je me mis à voir clair. Très clair. Plus clair que je n'avais jamais vu auparavant.

Tellement, que je laissai échapper un petit cri.

Je repris donc la lettre :

Étonnant, n'est-ce pas ? J'espère que tu n'as pas eu trop peur !

Mais, cher filleul, ce n'est, comme on dit, qu'un début.

Ces lunettes, on les appelle justement les lunettes Voisclair. L'une de leurs propriétés, celle qui fait toujours un effet bœuf la première fois qu'on les met, est de s'adapter parfaitement au visage de la personne à qui elles appartiennent.

Dorénavant, ces besicles sont à toi.

L'effet de surprise passé, voyons voir ce que le livre te réserve.

Pas besoin d'être grand-mère pour deviner que tu l'as déjà ouvert, ce bouquin, avant même d'entreprendre la lecture de ma lettre.

Tu te demandes : « À quoi donc pourrait bien servir un livre sans rien d'écrit dedans ? »

Eh bien ! À apprendre les choses les plus surprenantes qui soient !

Ce livre s'intitule Le Petit Expliquetout. Pourquoi ? Eh bien… parce qu'il explique tout ce qu'il y a à savoir sur les…

Oups ! Non, pas tout de suite ! La patience n'a jamais été ma plus grande qualité, alors j'ai tendance à brûler des étapes.

Prend plutôt le livre et ouvre-le à la première page.

Puis reviens-moi tout de suite après.

Je repris le livre.

J'hésitai un instant.

Je pris une grande inspiration.

J'ouvris le livre à la première page et, là où auparavant il n'y avait rien, je découvris :

LE PETIT EXPLIQUETOUT

PAR DAME CAMILLE DE LA CHANCE

Je feuilletai rapidement *Le Petit Expliquetout*, mais sans rien en lire (curieusement, je sentais que je n'en avais pas encore la permission). Vous l'aurez deviné, chers amis, toutes les pages du livre étaient maintenant couvertes de texte.

Un vrai livre !

Plein de mots !

Je repris donc la lettre de grand-maman Rose :

Le Petit Expliquetout *est un livre secret.*

Toi seul, une fois que tu déposes les lunettes Voisclair sur ton nez, peut en lire les pages.

Ces lunettes, ainsi que ce livre, ma grand-mère maternelle me les a offerts à mon douzième anniversaire. Elle les tenait de sa propre grand-mère maternelle. Depuis plusieurs générations – combien? je n'en ai aucune idée –, ces deux objets... magiques sont transmis de grand-mère maternelle à petite-fille.

Tu es donc le tout premier garçon à hériter de ces cadeaux merveilleux.

Mon premier conseil: lis Le Petit Expliquetout *très attentivement.*

Mon deuxième conseil: crois tout ce que tu y liras.

Mon troisième conseil: sois discret, très discret.

Je ne sais pas si tu as déjà une petite amie. La belle Mireille que j'ai rencontrée l'été dernier, peut-être ? Je me rappelle qu'au brunch, ce dimanche-là, tu ne semblais avoir d'yeux que pour elle. Un de ces quatre matins, tu voudras sans doute tout lui raconter. Devrais-tu partager avec elle ton secret ? Mon beau Jean-S., je ne connais aucun règlement qui l'interdise.

« Et toi, grand-maman Rose, me demandes-tu, en as-tu parlé à grand-papa Henri ? »

Non. Pas à mes parents, ni à aucune de mes copines de l'époque, ni à mon cher Henri lorsque j'en suis tombée amoureuse.

Ai-je été égoïste ? Aurais-je dû tout raconter à cet homme qui s'est toujours révélé très gentil et particulièrement attentionné ?

Tu feras donc à ta guise.

Mais je ne peux pas te promettre que la personne que tu choisiras comme confidente pourra voir ce que toi tu verras dans les jours et les semaines qui viennent.

Te croira-t-elle ?

Ou te regardera-t-elle plutôt d'un drôle d'air, comme si tu avais perdu la boule ?

Secouera-t-elle la tête avec un air triste et s'éloignera-t-elle à jamais ?

Je n'en ai aucune idée.

Moi, je n'ai rien dit à Henri, car j'avais trop peur qu'il me quitte…

Je le répète : fais à ta guise, mais sois prudent.

Bon ! Maintenant, si tu lisais le début du premier chapitre.

Seulement les premières lignes.

Reviens-moi ensuite…

Il était passé minuit, mais je n'avais plus sommeil du tout.

Je me levai, j'entrouvris la porte de ma chambre et tendis l'oreille.

Silence complet. Mes parents dormaient. Je refermai la porte tout doucement. Je revins à mon lit.

Je m'aperçus que je tremblais un peu – juste un peu.

Comme pour gagner du temps, je repliai soigneusement le papier d'emballage et le rangeai, avec les douzaines d'autres de ma collection, dans le dernier tiroir de ma commode. Je jetai les rubans et la boucle dans ma poubelle.

Il ne restait plus maintenant, sur ma couette, que l'enveloppe, la lettre de grand-maman Rose et le livre…

Les lunettes !

Où donc avaient disparu les lunettes ?

Je regardai partout, je soulevai mon oreiller, je jetai un coup d'œil sous le lit. Non, pas de lunettes. Les avais-je jetées en même temps que les rubans ? Non, elles n'étaient pas dans la poubelle.

Bizarre ! Pourtant, je les avais encore voilà quelques mi...

Quel idiot ! Elles étaient si confortables que je ne m'étais même pas rendu compte qu'elles trônaient encore sur mon nez !

J'allais éclater de rire lorsque, soudain, quelque chose de surprenant attira mon regard vers le fond du grenier : plus aucune ombre ! Il faisait presque plus clair, dans ma chambre, qu'en plein jour. Les ombres n'avaient pas seulement reculé comme elles le font quand le soleil entre en force par l'œil-de-bœuf, elles avaient totalement disparu !

Plus besoin de lampe de poche ! Avec les lunettes Voisclair, les ombres ne pouvaient rien contre moi !

Je grimpai sur mon lit, impatient maintenant de connaître la suite.

Qu'avait écrit grand-maman Rose ? « *Maintenant, si tu lisais le début du premier chapitre.* » D'accord.

J'ouvris *Le Petit Expliquetout* à la première page du premier chapitre et je lus :

Chapitre premier
COMMENT LES RECONNAÎTRE

•

ILS SONT DE QUATRE COULEURS ET DE QUATRE COULEURS SEULEMENT. LES FANTÔMES BLEUS SONT...

Des fantômes ?

Le Petit Expliquetout parlait de fantômes ?

Je secouai la tête et je continuai à lire :

**LES FANTÔMES BLEUS SONT
LES PLUS MALHEUREUX.
LES FANTÔMES VERTS GROGNENT
TOUT LE TEMPS.
LES FANTÔMES BLANCS NE SONT PAS
DES ANGES.
ÉVITEZ LES FANTÔMES ROUGES !**

— Allons donc, grand-maman !
C'est quoi, cette histoire ?

J'attrapai la lettre :

« *C'est quoi, cette histoire ? te
demandes-tu. Ça y est, grand-maman
Rose est complètement maboule ! Mais
personne ne croit aux fantômes ! Du
moins, pas les gens qui ont une tête
sur les épaules et quelque chose qui
fonctionne correctement dans cette
même tête !* »

*Détrompes-toi, mon beau Jean-S.,
détrompes-toi !*

Ils existent.

Je les ai vus.

Tu les verras aussi.

Je ne t'en dirai pas plus, il faut que tu lises Le Petit Expliquetout jusqu'au bout. Il t'expliquera tout, justement.

Même après ta lecture, tu ne croiras probablement pas à ce que le livre te dévoilera.

Tout à fait normal.

Mais bientôt, si tu portes tes lunettes souvent et si tu fais attention à ce qui se passe autour de toi, tu verras.

Pour ma part, voilà cinquante-deux ans que je les vois. J'ai beaucoup appris, beaucoup ri, et aussi un peu pleuré. À ton tour maintenant !

Assez pour ce soir, car je dois te quitter. Ainsi que je te l'ai sans doute raconté plus tôt, j'ai des bagages à préparer, un avion à prendre et une très importante rencontre à faire.

Lorsque je reviendrai de voyage,
nous parlerons de tout ça.

Peut-être auras-tu beaucoup de
choses à me raconter. (Et moi, je l'es-
père, j'en aurai aussi plein à te racon-
ter.)

Dors bien, mon beau Jean-S., et,
encore une fois, joyeux anniversaire !

Ta grand-maman qui t'adore,

Rose

Dors bien ? Sans blague ! Comment pourrais-je m'endormir maintenant ?

Mais que faire au juste ?

Lire *Le Petit Expliquetout* comme me l'a suggéré grand-maman Rose ?

Ou plutôt le ranger avec les lunettes et la lettre, et tout oublier ?

Je sautai en bas de mon lit. Je fis les cent pas dans ma chambre.

Je voulais lire *Le Petit Explique-tout*. J'étais curieux comme tout.

Mais, en même temps, je ne voulais pas le lire : ces histoires me donnaient la chair de poule. Pourtant, je vous le jure, je ne croyais pas aux fantômes. Je n'avais jamais cru au Bonhomme Sept-heures ni aux monstres sous mon lit.

Il n'y avait pas de place dans mon univers pour la magie et le surnaturel.

▲ ▼ ▲

Le lendemain, je m'éveillai dans la mer de coussins multicolores où j'avais finalement sombré, vaincu par le sommeil.

C'était dimanche. J'avais maintenant douze ans et un jour, et j'avais pris une décision. Je déclarai :

— Le dimanche est une très bonne journée pour lire au lit.

4

Les fantômes bleus sont de bons plongeurs

Ce devait être le cours de maths mais, à la place, on entendait mademoiselle Élise et Simon roucouler.

Ils étaient là, devant nous, mademoiselle Élise à gauche du gros bureau de chêne, Simon à droite. Ils se regardaient, les yeux dans les yeux. Ils avaient tout à fait oublié notre présence. Ils *roucoulaient*.

Ces deux-là étaient tombés amoureux le mercredi précédent, pendant le cours d'anglais. Mademoiselle Élise venait tout juste de nous expliquer la différence entre *To like* et *To love*. Pendant ce temps-là, Simon – qui est stagiaire et passera quelques mois dans notre classe afin d'apprendre le métier d'enseignant – écrivait au tableau les conjugaisons des deux verbes. Il avait terminé celle de *To like* :

I like
You like
He likes
We like
You like
They like

Mademoiselle Élise se tourna alors vers Simon.

Simon tourna alors la tête vers mademoiselle Élise.

Il lui sourit et, sans quitter notre enseignante du regard, pendant que celle-ci écarquillait les yeux et se mettait à rougir, il écrivit :

I love

Il s'arrêta un instant, puis ajouta :

YOU !

Depuis ce jour-là, chers amis, mademoiselle Élise et son stagiaire Simon *roucoulent*.

Ce lundi-là, toutefois, moi, Jean-Stanislas Dubois, âgé de douze ans et deux jours, je me sentais un peu confus.

Je savais maintenant tout ce qu'il y a à savoir sur les fantômes. Ou presque tout. Ou, du moins, beaucoup de choses. Car je suis parfaitement incapable de lire un livre jusqu'à la fin. Même s'il s'intitule *Le Petit Expliquetout* et qu'il traite de fantômes. J'avais donc lu les six premiers chapitres. Très studieusement.

En grignotant quelques biscuits aux brisures de chocolat. Puis j'avais joué à saute-mouton – ou à saute-fantômes ! – en lisant quelques paragraphes ici, quelques pages là, à gauche, à droite, vers le début, vers la fin.

En résumé, je savais :

- quelles sont les quatre catégories (ou couleurs) de fantômes ;
- où certains fantômes se cachent (certains, plus timides ou plus ratoureux, se dissimulent dans les endroits les plus étroits possibles, comme l'intérieur de la serrure d'une porte) ;
- comment faire taire un Hurleur ;
- comment calmer un Tapageur ;

- comment faire cesser de frapper un Frappeur ;
- comment capturer tout ce
  beau monde ;
- comment les nourrir quand ils
  ont faim (sauf les rouges : on
  ne doit jamais, au grand jamais
  tenter de nourrir les fantômes
  rouges !).

J'avais la tête qui tournait un
peu.

J'étais sans doute le seul au
monde, à part grand-maman Rose, à
détenir ces connaissances. J'avais
l'impression d'avoir la tête bourrée
de secrets qui menaçaient à tout moment de me sortir par les oreilles !

Mais, heureusement, il y avait
Mireille. Assise dans la rangée juste
devant la mienne, elle tournait la
tête vers moi de temps à autre et
me décochait de grands sourires

radieux. Un peu plus tôt, ce matin-là, Mireille m'avait fait un petit signe de la main. Elle avait soulevé aux trois quarts le couvercle de son pupitre. Discrètement, elle m'avait montré, scotché à l'intérieur, un grand carton jaune sur lequel elle avait tracé trois énormes X entourés de cœurs. Trois nouvelles bises pour la collection ! Si j'avais pu roucouler sans que quiconque s'en aperçoive, je l'aurais fait…

Devant les silences de mademoiselle Élise et de Simon, chacun avait compris que la journée serait interminable et s'occupait donc comme il le pouvait.

J'avais déjà classé trois fois, sur mon pupitre, ma collection de gommes à effacer (oui, monsieur le psychologue, je les avais classées par ordre de grandeur, puis par ordre de couleur, et enfin par ordre d'usure). J'avais dessiné un plan de mon « musée de vie » idéal ; trois fois plus vaste que ma chambre-grenier, il pourrait accueillir mes collections futures – au moins jusqu'à la fin de mon adolescence. J'avais aussi dressé la liste des choses que je connaissais à propos des fantômes (une liste plus complète que celle que vous avez lue précédemment). J'avais aussi dressé une liste des choses que je ne connaissais pas à leur propos (une liste encore plus longue que la première).

Ensemble, mademoiselle Élise et Simon traçaient lentement au tableau des problèmes de multiplications et de divisions que nous aurions dû, en temps normal, résoudre dans nos cahiers d'exercices… Mais ce matin-là, ils avaient oublié qu'ils avaient une classe derrière eux. Ils trouvaient donc

eux-mêmes les réponses, se félici-
taient, se faisaient de grands sourires
amoureux et passaient à un autre
problème. Je m'ennuyais ferme. Les
aiguilles de l'horloge au-dessus du
tableau semblaient ne plus bouger
du tout. Peut-être même reculaient-
elles parfois !

▲ ▼ ▲

Par prudence, vous vous en doutez bien, je n'avais pas encore porté
mes nouvelles lunettes Voisclair
hors de ma chambre. Elles ne me
quittaient toutefois jamais, dissi-
mulées dans l'une des poches de
mon sac à dos.

Je l'ai déjà dit (et je me permets
de le répéter) : ce matin-là, en classe,
je m'ennuyais ferme. Et c'est bien
connu, l'ennui nous fait souvent
faire des gestes que l'on regrette

ensuite. Mais il nous amène aussi, parfois, à réaliser des découvertes phénoménales.

Discrètement, je jetai un coup d'œil autour de moi. La plupart des élèves avaient le nez dans leurs livres, leurs cahiers ou leurs bandes dessinées. Kim tricotait. Cassandrah avec un h et R^2 jouaient à la bataille navale. Pierre-Yves et La Chose venue de l'espace, respectivement le bollé et le cancre de la classe, unis cette fois par le même ennui, dormaient, la tête sur leur pupitre. Mireille écrivait quelque chose dans un petit cahier couvert de peluche jaune (ses cheveux tombaient comme de longues bandes de miel et me cachaient son visage).

Personne ne me prêtait la moindre attention.

Je tirai les lunettes de la poche de mon sac à dos, les chaussai et…

je dus me mordre les lèvres pour ne pas hurler.

J'avais vu quelqu'un sauter par l'une des fenêtres de ma classe !

J'enlevai aussitôt mes lunettes. Je me frottai furieusement les yeux.

Il faisait plutôt frais ce matin-là, l'automne montrait ses dents, et nous n'avions ouvert aucune des fenêtres. Celle par laquelle j'avais cru voir quelqu'un sauter était donc, elle aussi, parfaitement close. Si quelqu'un s'était élancé au travers, il y aurait eu un bruit terrible, la fenêtre aurait volé en éclats. Pourtant, elle était intacte.

Avais-je été victime d'une hallucination ?

Je remis mes lunettes.

Tout me sembla un peu plus vibrant, plus net et plus précis qu'à l'habitude.

Je ne voyais rien qui sortît de l'ordinaire. (Si ce n'étaient les cheveux de Mireille, qui brillaient maintenant comme une galaxie.)

Quelques minutes passèrent.

Puis, de l'autre côté de la classe, près de la grande armoire de métal qui contient nos dictionnaires, quelques encyclopédies et des douzaines de pots de gouache de toutes les couleurs, je vis quelque chose bouger.

Non. Je vis plutôt quelque chose *frémir*.

Comme si de petites vagues naissaient dans l'air.

Quelque chose allait survenir, j'en étais sûr.

Je retins mon souffle.

Les vagues gonflèrent. Elles s'allongèrent, s'étirèrent en hauteur. On aurait dit... une porte qui s'ouvrait.

Sans bruit.

Une porte ?

Qu'en sortirait-il donc ?

Un homme en sortit. Un homme dans la trentaine. La trentaine *usée*, me sembla-t-il.

Un homme… transparent. Oui, c'est ça : un homme un peu transparent, dans la trentaine, assez mal coiffé, l'ombre d'une barbe au visage, portant un complet, une chemise rayée et une cravate à pois.

L'homme n'avait pas de pieds.

Ses jambes se terminaient plutôt en pointe, et cette pointe s'agitait, tournait et tourbillonnait comme une vrille de fumée.

L'homme flottait à quelques centimètres du plancher de la classe.

Et il était bleu.

Ses cheveux, sa peau, ses vêtements : tout était de différentes teintes de bleu.

Vous savez bien sûr qu'on ne doit pas garder trop longtemps la bouche grande ouverte, car bien vite l'on se met à baver. Je fermai donc la bouche et m'essuyai le menton.

L'homme avançait, traversant lentement la classe en lançant des regards rapides vers mademoiselle Élise, Simon et les élèves les plus près de lui.

Il nous voyait. Cependant, personne ne le voyait, lui. Personne d'autre que moi !

Il fallait que j'évite de croiser son regard. Je ne voulais surtout pas qu'il comprenne que je savais qu'il était là. Je baissai donc les yeux, feignant d'être captivé par l'état de l'un de mes ongles (qui se révélait en fait particulièrement sale).

Après quelques secondes, je risquai un coup d'œil. L'homme bleu était encore là. Il approchait de la fenêtre à quelques pas de moi. Il hésitait. Il se tordait les mains. Il avait la mine triste.

LES FANTÔMES BLEUS SONT LES PLUS MALHEUREUX.

La phrase, lue la première fois l'avant-veille, puis cent fois la veille, me revint soudain en tête, et je compris ce qui se passait devant moi : mon premier fantôme m'était apparu !

Mon premier fantôme *bleu* !

— Grand-maman, pardonne-moi si je ne t'ai pas crue.

J'avais dit ces quelques mots à voix haute. Aussitôt je me traitai, silencieusement cette fois, de tous les noms possibles (par ordre alphabétique). Dans cette classe silencieuse, quelqu'un m'avait-il entendu ? Et plus important encore, le fantôme m'avait-il entendu ?

Je fermai les yeux. Les rouvris. J'attendis un peu. Je n'osais plus bouger ni respirer.

Ouf ! Personne ne réagissait – pas même le fantôme.

Je pensai : « Voici donc à quoi ça ressemble, un fantôme bleu. Un vrai de vrai. Qui aurait cru que notre classe était hantée ? Est-ce un ancien prof de l'école ? Un ancien directeur ? Quelqu'un qui travaillait là auparavant ? Un concierge ? Un concierge avec un complet et une cravate ? Hum… »

Je me souvins d'un passage du *Petit Expliquetout* :

VÉRITÉ 116 : LES FANTÔMES,

PEU IMPORTE LEUR COULEUR,

NE HANTENT PAS NÉCESSAIREMENT

« Ce pourrait donc être n'importe qui, pensai-je. Un banquier, un vendeur d'assurances, un touriste. Un touriste fantôme ou un fantôme touriste ? Mais pourquoi choisir une classe pour passer le reste… le reste de ses jours ? »

VÉRITÉ 87 : CERTAINS FANTÔMES SONT SÉDENTAIRES, D'AUTRES, NOMADES. LES FANTÔMES SÉDENTAIRES SONT PARFOIS PRISONNIERS DES LIEUX QU'ILS HANTENT.

« Je me demande si… »
Je n'eus pas le temps de terminer ma réflexion. Alors que le fantôme bleu n'était plus qu'à un mètre à peine de la fenêtre, je vis

apparaître, sur son visage (bleu), un air de soudaine détermination (bleue).

Il arrêta d'avancer.

Il se tordit les mains une dernière fois.

Il s'accroupit.

Il balança les bras vers l'arrière pour prendre son élan et…

« Il va sauter ! » pensai-je.

Il sauta.

À travers la fenêtre fermée. Sans aucun bruit. Sans que le verre éclate.

« C'était lui tantôt ! » pensai-je, et je dus presque me faire violence pour ne pas me lever et regarder par la fenêtre pour découvrir où il avait atterri. « Voilà deux fois que je le vois sauter par la fenêtre en moins de dix minutes… »

▲ ▼ ▲

… Et je le vis sauter par la fenêtre vingt-trois fois ce jour-là.

Pendant la pause de l'après-midi, dissimulé derrière le vieil escalier tout rouillé que certains appellent « l'escalier de la mort » (ils regardent trop de films d'horreur), je vis mon premier fantôme bleu s'écraser sur l'asphalte de la cour de récréation. Ou plutôt s'*enfoncer* dans l'asphalte et y disparaître.

Il sautait toujours de la même fenêtre et se volatilisait toujours au même endroit de la cour. Comme une vidéo défectueuse répétant sans cesse la même scène.

« C'est un fantôme sédentaire, pensai-je. C'est un fantôme prisonnier. Il est prisonnier dans une boucle de hantise. »

J'étais maintenant à mon pupitre. La journée tirait à sa fin. La cloche allait sonner. Mademoiselle

Élise et Simon étaient assis côte à côte derrière le gros bureau de chêne et ils… roucoulaient.

Je portais toujours mes lunettes Voisclair. Imprudent, je les avais portées presque tout l'après-midi.

Assistant à un dernier plongeon de mon fantôme, je pris l'engagement solennel suivant :

« Il est malheureux, pensai-je. Il faut que je le libère. Il faut que je le capture ! »

5

Leçon n° 1 : Comment capturer un fantôme (bleu)

Le soir même, j'avais tous les ingrédients dans mon sac à dos. J'étais prêt. J'étais nerveux. C'était ma toute première fois.

Mireille m'avait appelé, juste après le souper, et m'avait demandé :

— Puis-je venir te rendre visite ?

J'aurais pu répondre avec enthousiasme :

— Vite ! Je t'attends !

Cependant, j'avais plutôt répondu :

— Maintenant, là, ce soir ?

— Non, dans un an, avait-elle lancé, agacée.

Puis elle avait ajouté en hésitant :

— Ne sommes-nous pas des plus
qu'amis ?

— Euh, oui, bien sûr, répondis-
je. Et même plus encore !

— Je m'ennuie un peu. Un peu
beaucoup. Et il faudrait qu'on se
parle.

Je déteste mentir. Ça demande
beaucoup d'énergie, mentir. Il faut
avoir une bonne mémoire, ne pas
s'empêtrer dans ses histoires. Et il y
a le remord qui s'en mêle souvent.
Je déteste mentir, mais j'ai menti à
Mireille quand même (espérant à
cet instant que ce serait la première
et la dernière fois) :

— Je dois travailler sur ma recherche à propos de l'Égypte antique.

— Je ne savais pas que l'Égypte
antique t'intéressait.

—Ah oui, j'adore ! Les hiéro-
glyphes, les dieux, les déesses, les
pharaons, les pyramides, Néfertoto,
Toutankamis…

—Néfertiti et Toutankhamon,
avait corrigé Mireille.

—Oui, bon, d'accord, mais j'ai
peur de ne pas terminer à temps…

—Nous devons remettre nos
recherches dans trois semaines seulement.

Et comme un mensonge en
appelle un autre :

—L'ordi de ma mère est tombé
en panne hier.

Et un autre :

—J'ai perdu les photos que
j'avais dénichées pour illustrer mes
textes.

Et un autre (une véritable réu-
nion de famille !) :

—Je vais devoir travailler toute
la soirée.

La conversation s'était terminée peu de temps après, Mireille répétant une dernière fois « Il faudrait qu'on se parle » avant de raccrocher.

En déposant le combiné, j'avais le cœur gros. J'étais sûr que, dans sa chambre (où l'on retrouve un peu partout sa couleur fétiche, le jaune), Mireille ne souriait plus. Elle avait perdu son sourire indescriptible. Avait-elle appelé parce qu'elle avait remarqué que, cet après-midi-là, je portais tout à coup des lunettes ? Avait-elle deviné que quelque chose de bizarre se passait ?

Mais, surtout, s'était-elle aperçue que je venais de lui mentir ?

Et pendant que nous en sommes aux questions, en voici une, peut-être plus capitale encore : *Pourquoi donc lui avais-je menti ?* Je n'avais même pas hésité. Je m'étais lancé tête première dans cette histoire de recherche sur l'Égypte alors qu'il aurait été si simple de lui dire la vérité.

Mais je m'étais souvenu de ce qu'avait écrit grand-maman Rose :

Mais je ne peux pas te promettre que la personne que tu choisiras comme confidente pourra voir ce que toi tu verras dans les jours et les semaines qui viennent.

Te croira-t-elle ?

Ou te regardera-t-elle plutôt d'un drôle d'air, comme si tu avais perdu la boule ?

Secouera-t-elle la tête avec un air triste et s'éloignera-t-elle à jamais ?

Je ne voulais pas que Mireille me regarde avec un drôle d'air.

Je ne voulais pas que Mireille s'éloigne à jamais.

Qui sait si je n'avais pas rêvé toute cette histoire de fantôme ? Qui sait si, en plus du syndrome du collectionneur juvénile, niveau « amateur-professionnel », je ne souffrais pas aussi du syndrome du rêveur aigu, niveau « hallucinations à l'école » ?

Aussi bien mentir maintenant et expliquer plus tard.

Oui ! Je lui dirais tout, mais… pas tout de suite.

« J'espère qu'elle ne pleure pas », pensai-je.

Il ne fallait surtout pas que des larmes viennent diluer notre collection de baisers.

▲ ▼ ▲

Pour la énième fois, j'ouvris mon sac à dos et j'en étalai le contenu sur mon lit :

- un gros pot de verre et son couvercle ;
- une boîte de sel de table ;
- une ficelle d'un mètre de long ;
- une lampe de poche ;
- un sac de plastique plein de poussière (malgré mes belles promesses, j'avais « oublié » de passer le balai sous mon lit depuis quelques jours ; je n'avais donc eu aucune difficulté à en emplir le sac) ;
- *Le Petit Expliquetout* et mes lunettes Voisclair.

Après avoir consulté avec soin le contenu de la leçon n° 68, je remis le tout dans mon sac. J'enfilai un gros chandail. Je contemplai quelques instants l'image que me retournait la psyché près de mon lit. « Ai-je l'air d'un vrai chasseur de fantômes ? » me demandai-je. Le garçon dans le miroir répondit par un ferme : « Bah ! Tu sais… on pourrait dire que oui… mais on pourrait aussi dire que non… »

Je dévalai l'escalier, filai jusqu'au séjour, où maman et papa, simultanément, lisaient, discutaient et regardaient une émission à la télé. Je mentis à nouveau :

— Je vais jouer au ballon dans le parc avec R^2.

— Ne rentre pas trop tard, fit maman, tu as de l'école demain.

— Tu ne devrais pas appeler Richard « R^2 », dit papa.

— Tu as terminé tes devoirs ? demanda maman.

— Lui as-tu déjà demandé si ça l'offusquait que tu l'appelles « R^2 » ? s'inquiéta papa.

— Je me demande si Mireille serait intéressée à garder le bébé des Dupuis, à côté, fit maman. Ils se cherchent une bonne gardienne. Pourrais-tu le lui demander demain ? Ou même... *ce soir* (elle ajouta le « ce soir » avec un énorme clin d'œil), si jamais, *par hasard*, tu la rencontrais...

Je réussis à m'échapper de la maison sans devoir trop empiler de mensonges. (Le nez m'aurait-il allongé ? Hum !... Un nez juste un plus long ne me déplairait pas...)

Le soleil avait presque disparu derrière les grands arbres du parc du Millénaire. Les nuages traversaient le ciel comme un énorme troupeau de bêtes indécises quant à leur forme et à leur couleur. Je tremblais. Mais pas de froid ni de peur.

« Tiens, me dis-je tout à coup, as-tu remarqué que les fantômes ne te font pas peur ? Avoue qu'un fantôme en complet-cravate, qui ne traîne pas de chaînes derrière lui, qui ne hurle pas et qui n'est pas couvert de sang n'a rien pour faire peur. Surtout lorsqu'on le découvre en plein jour, dans sa classe, pendant le cours de maths. »

Non. Je n'avais pas peur. J'étais plutôt nerveux comme à la veille d'un examen (même quand j'ai bien étudié). J'étais nerveux comme lorsque je dois aller chez le dentiste (même si, depuis ma dernière visite, j'ai brossé mes dents cinq fois par jour, dix minutes chaque fois).

Je traversai le parc à toute vitesse. Je voulais que tout soit terminé avant que la nuit s'installe pour de bon. « Se pourrait-il, pensai-je, que mon fantôme devienne effrayant dans le noir ? »

Avant d'entrer dans la cour d'école, illuminée par un puissant projecteur qui faisait naître un peu partout les ombres les plus incroyables, je sortis mes lunettes de mon sac à dos. Une fois enfilées, on aurait dit que le temps avait rebroussé chemin de quelques heures. C'était comme en plein jour, et je voyais tout, absolument *tout*.

Je me hâtai vers l'endroit où, l'après-midi, j'avais tracé un X discret à la craie blanche, là où mon fantôme atterrissait chaque fois.

Je me cachai derrière l'escalier et j'attendis quelques minutes.

Plongerait-il ? Ne plongerait-il pas ?

Ne hantait-il ma classe que le jour ou le faisait-il aussi la nuit ?

Les fantômes ont-ils la notion du temps ? Savent-ils qu'il est l'heure d'aller casser la croûte ? Ou d'aller dormir ?

J'avais conclu que mon fantôme était un prisonnier. Avait-il choisi son lieu de hantise parce qu'il lui rappelait sa vie passée, ou était-il arrivé là par hasard, sans trop savoir pourquoi ? Peu importe. Il était maintenant prisonnier. Il s'était fait prendre dans un piège bizarre qui l'obligeait à recommencer sans arrêt la même séquence d'événements.

Je consultai ma montre. J'attendais depuis huit minutes. Si le fantôme continuait son rituel, il devait plonger dans quelques secondes.

Je levai les yeux vers les fenêtres de ma classe. J'osais à peine respirer.

Soudain, il me sembla que la dernière fenêtre s'embrouillait, comme lorsqu'on jette un caillou dans une marre d'eau.

C'était lui !

Il arrivait !

Il sauta (et je me demandai distraitement comment je l'appellerais dorénavant : Georges ? Émile ? Charlie ?).

Il tenait les mains jointes droit devant lui comme un nageur qui s'élance d'un plongeoir.

Il avait les yeux fermés.

Et il plongeait… lentement.

J'avais remarqué la même chose durant la récré : on aurait dit que son corps, plus léger que l'air, ne tombait pas à une vitesse normale. Il flottait, comme au ralenti.

« Parfait ! pensai-je. J'aurai tout le temps qu'il faut pour réciter l'incantation. »

L'incantation, je la savais par cœur. Je l'avais répétée pendant une bonne heure, dans ma chambre, plutôt que d'étudier mes conjugaisons : « *Viens habiter chez moi, je te le demande…* »

Oui. J'étais prêt. Peut-être.

Mais je devais d'abord m'assurer qu'il disparaîtrait exactement au même endroit que plus tôt.

Tout devait être parfait. Je ne voulais commettre aucune erreur.

« Le voilà qui arrive… Il approche… Il est presque là… Va-t-il manquer la croix ?… Non ! Ça y est ! En plein dans le mile ! »

Dès qu'il eut disparu sous l'asphalte de la cour de récré, je m'élançai.

Je n'avais qu'une dizaine de minutes pour préparer le piège, tel que décrit dans *Le Petit Expliquetout* :

1. S'IL S'AGIT D'UN BLEU, DESSINEZ À LA CRAIE BLEUE UN CERCLE D'UN MÈTRE DE DIAMÈTRE, EN VOUS ASSURANT QU'IL N'EST BRISÉ À AUCUN ENDROIT.

2. Placez le contenant que vous aurez choisi au centre du cercle.

3. Au fond de ce contenant, d'abord du sel, puis de la poussière.

4. Gardez dans votre main droite le couvercle de votre contenant et, dans votre main gauche, la ficelle que vous aurez nouée à trois endroits...

J'avais les mains moites. Tout cela n'était-il qu'un rêve idiot ? Étais-je *vraiment* sur le point de capturer un fantôme ?

Et s'il arrivait quelqu'un avant que j'aie terminé ?

Le vent s'était levé et faisait bruisser les feuilles des peupliers plantés derrière le but de basketball au bout de la cour de récré. (Je m'aperçus que quelqu'un avait encore arraché le panier ; comment font-ils donc pour sauter si haut ?)

J'entendais au loin le bruit des automobiles qui circulaient sur la rue Principale, un chien qui s'entêtait à aboyer, un second qui persistait à lui répondre.

Les secondes passèrent. Je n'entendis rien d'autre.

D'autres secondes passèrent aussi, semblables aux précédentes.

Personne n'entra dans la cour.

Je levai les yeux.

Voilà mon fantôme qui plongeait à nouveau !

J'attendis qu'il soit rendu à mi-chemin de sa chute et je lançai, d'une voix forte :

— Viens habiter chez moi, je te le demande !

Le fantôme ouvrit les yeux. Il tourna lentement la tête vers moi. Je me demandai un instant s'il pouvait soudain reculer, remonter jusqu'à ma classe et s'y cacher.

Non. Il continuait à tomber. Au ralenti. Et il approchait.

Il n'était plus qu'à quelques centimètres au-dessus du cercle magique.

Je continuai à réciter l'incantation :

— Entre ici, maintenant, je te l'ordonne !

Ses doigts frôlaient maintenant le rebord du pot que j'avais placé au centre du cercle magique. Oh ! Mais ce pot était beaucoup trop petit !

Je rageais intérieurement. Je me disais que j'aurais dû penser plus loin que le bout de mon nez. Je n'avais sûrement pas lu correctement les instructions du *Petit Expliquetout*. S'il était question d'un pot, sans doute voulait-on dire un pot énorme. Quel chasseur de fantômes minable je faisais !

Mais, alors que j'allais abandonner, le miracle se produisit : à l'instant même où il toucha le rebord du pot, le fantôme se mit à rétrécir.

Oui, vous avez bien lu, rétrécir !

Je vis passer sur son visage un air de surprise, d'incompréhension, de peur aussi. Mais un fantôme ne peut pas avoir peur, n'est-ce pas ?

« Tu verras, pensai-je. Tu seras bien chez moi. Plus besoin de faire le plongeon de la mort à tout bout de champ ! »

— Du sel, de la poussière, du verre brillant ! lançai-je avec conviction.

Le fantôme rétrécit, et ses mains glissèrent dans le pot.

Il rétrécit — en un instant, il avait déjà rétréci de moitié — et ses bras entrèrent dans le pot.

Puis sa tête.

Puis ses épaules. Il avait maintenant rétréci des trois quarts !

Puis son dos.

Puis ses jambes.

Puis ce qui lui servait de pieds.

Il était minuscule maintenant. Il tenait entièrement dans le pot !

Il ne fallait surtout pas qu'il sorte !

Couvercle et ficelle à la main, je courus jusqu'au cercle magique.

— Je l'exige, moi, reste ici maintenant !

Je déposai la ficelle nouée dans le pot, et elle s'enroula aussitôt d'elle-même autour de ses jambes.

Je vissai le couvercle hermétiquement.

Le fantôme se mit à tourner en rond au fond du pot.

J'avais un grand sourire aux lèvres. Ta-dam ! Je venais de capturer un fantôme bleu !

Mon premier fantôme bleu !

▲ ▼ ▲

Mais vous me demandez, chers amis : « Pourquoi du sel ? Pourquoi de la poussière ? Et la ficelle alors ? »

Simple comme bonjour.

Voici ce que nous apprend *Le Petit Expliquetout* :

1. Le sel conserve les fantômes jeunes.

2. La poussière leur rappelle les endroits où ils aiment se cacher.

3. La ficelle les… ficèle et les empêche de s'envoler.

6

Leçon n° 2 : Comment nourrir un fantôme (bleu)

De retour à la maison (et après avoir dû nier à quatre reprises au moins avoir passé la dernière heure et demie avec Mireille), j'avais grimpé dans ma chambre.

« Où vais-je cacher mon fantôme ? » m'étais-je demandé en rabattant la porte du grenier.

Après quelques secondes, j'avais haussé les épaules : « Pourquoi donc le cacher ? Personne d'autre que moi ne peut le voir ! »

J'avais plutôt décidé de placer le pot bien en évidence.

J'avais vidé la tablette au-dessus de ma table de travail.

J'y avais placé le pot, avec son joli fantôme, bien au centre.

Comme s'il s'agissait d'un trophée.

Ainsi, Hippolyte (en chemin, j'avais décidé de l'appeler Hippolyte, ne me demandez pas pourquoi) pourrait avoir une vue imprenable sur ma chambre et sur mes collections.

Je m'étais déshabillé, j'avais enfilé mon pyjama, j'avais éteint la lumière et je m'étais glissé sous les couvertures (sans m'être brossé les dents auparavant; je les brosserais six fois plutôt que cinq, le lendemain!).

Mon réveille-matin indiquait 22 h. Au dodo!

▲ ▼ ▲

Mon réveille-matin indiquait très exactement 1 h 01.

Et je ne dormais très exactement pas.

J'avais deux examens le lendemain… Non ! le jour-même ! dans quelques heures ! tantôt ! Un de maths et un autre d'anglais. Je n'avais pas étudié ! Et je ne dormais toujours *pas* !

Il y avait un fantôme dans ma chambre.

Ou plutôt : il y avait un fantôme dans ma chambre, parce que je l'avais moi-même capturé.

Comment dormir, je vous le demande, lorsqu'on vient d'accomplir un tel prodige ? Comment dormir, surtout, lorsqu'on sait, sans l'ombre d'un doute, que non seulement les fantômes existent, mais qu'on peut les ramener à la maison ?

J'aurais voulu marcher de long en large dans ma chambre – il paraît que ça calme les nerfs et que ça aide à réfléchir –, mais je n'osais pas : si mes parents m'avaient entendu, ils seraient vite venu voir ce qui n'allait pas.

Il y avait un fantôme dans ma chambre.

Assis en tailleur sur ma table de travail, les lunettes Voisclair sur le bout du nez, j'observais avec attention mon fantôme dans son pot.

Depuis quelques minutes, il tournait en rond. D'abord très lentement, puis tout à coup très vite. La ficelle enroulée autour de ses jambes faisait voler la poussière partout à l'intérieur de son nouveau domicile. Lorsqu'il tournait lentement, je le voyais parfois se gratter la tête ou donner de petits coups sur la paroi du pot. Lorsqu'il filait à toute allure, Hippolyte fronçait les sourcils et gonflait les joues comme lorsqu'on doit sprinter pour atteindre la ligne d'arrivée et que l'on commence à manquer de souffle.

Au bout d'une demi-heure d'agitation, mon fantôme s'arrêta enfin. Il resta debout au centre du pot, presque immobile. Seules ses jambes – ou plutôt la vrille formée par ses jambes – bougeaient un peu.

Il me regarda alors droit dans les yeux.

— Bonsoir, Hippolyte, murmurai-je. Il ne fait pas trop chaud là-dedans ?

Hippolyte pencha la tête sur le côté.

— Bonsoir ! fis-je en élevant juste un peu la voix. Pas trop chaud ?

Il me voyait mais ne semblait pas m'entendre correctement. Les fantômes ont-ils besoin d'écouteurs spéciaux pour entendre les vivants ?

Était-ce la paroi du pot qui l'empê-
chait de me comprendre tout à
fait ?

— As-tu faim ? demandai-je.

Je fis des bruits avec ma bouche
et j'ajoutai :

— Miam miam ! Un petit goû-
ter, ça ferait du bien, n'est-ce pas ?

Que peut bien manger un fantôme ? me demanderez-vous.

Et vous ajoutez, perplexes : mais
un fantôme, n'est-ce pas quelqu'un
qui est... mort ? Pourquoi donc
aurait-il besoin de manger ?

Vous avez parfaitement raison !

Mais vous comprendrez également que ce n'est pas moi qui
décide des règlements du merveilleux monde des fantômes.

Permettez-moi de vous lire ce
qui est écrit à la page 44 du *Petit
Expliquetout* :

CONSEIL 21 : LES FANTÔMES NE
BROIENT PAS DU NOIR, ILS EN
MANGENT AVEC GRAND APPÉTIT.
AYEZ TOUJOURS
À PORTÉE DE LA MAIN DU NOIR,
N'IMPORTE QUEL NOIR.

Il me restait, d'un projet scolaire de l'année précédente – *C'est l'Halloween ! Faites-nous peur !* –, de grands bouts de carton noir.

J'en découpai de petites languettes et, un peu angoissé à l'idée qu'Hippolyte puisse me fausser compagnie malgré la ficelle nouée qui devait l'en empêcher, je dévissai le couvercle de son pot, le soulevai juste assez pour y glisser les languettes de carton, puis le revissai aussitôt.

Le fantôme jeta un coup d'œil à ses « pieds ».

Il croisa les bras, se pencha, ouvrit grand la bouche et… aspira d'un seul coup toutes les languettes de carton.

Son bedon devint bien rond.

— Bravo ! fis-je en applaudissant.

J'avais réussi à nourrir mon fantôme !

▲ ▼ ▲

« Si les fantômes existent, est-ce que les loup-garous existent aussi ? Et les vampires, alors ? »

J'étais de retour dans mon lit, sous les couvertures. J'avais déposé le pot d'Hippolyte sur ma table de chevet. J'espérais trouver un peu de sommeil avant que mon réveille-matin, trafiqué par mon père quelques semaines plus tôt, ne se mette à hurler « DEBOUTDE-

BOUTLÀ-DEDANS ! » comme il le fait chaque jour d'école.

« Si les fantômes existent, pourquoi les monstres n'existeraient-ils pas, eux aussi ? »

Cette pensée me traversa l'esprit à la vitesse d'un éclair. J'arrêtai de respirer un instant. Des monstres ? Ici, dans notre petite ville ? Nulle part, dans *Le Petit Expliquetout*, je n'avais lu quoi que soit à propos de monstres.

Les légendes entourant les loup-garous et les vampires sont aussi vieilles que celles relatant les apparitions de fantômes. Si les fantômes existaient, pourquoi n'y aurait-il pas, les nuits de pleine lune, des lycanthropes errant, vêtements déchirés, dans les ruelles sombres de la ville ? Pourquoi n'y aurait-il pas non plus une colonie de vampires particulièrement assoiffés cachée entre les murs de la maison du Député, pas loin de chez moi ? Et moi, brave petit Jean-Stanislas Dubois, qui étais sorti quelques heures plus tôt, bien après le coucher du soleil ! J'aurais pu croiser un monstre ! J'aurais pu devenir un hors-d'œuvre sur deux pattes ! Brrrrr !

— Du calme, fis-je tout bas. Du calme. Arrête de penser aux monstres. Pense plutôt à Mireille.

Mais à 1 h 20, très exactement, avec un tout petit véritable fantôme qui circulait dans son pot à côté de mon lit, penser à Mireille ne me semblait pas… honnête.

— Tu lui as menti, dis-je soudain, un peu trop fort. Mireille voulait te voir, et tu l'as repoussée avec des prétextes si énormes qu'elle a sûrement vu clair dans ton jeu.

Pas tout à fait juste, corrigeai-je aussitôt. D'abord, je lui avais caché la vérité et *ensuite*, je lui avais menti.

Si vraiment Mireille m'était si… spéciale, une plus qu'amie, une plus que plus qu'amie même, n'aurais-je pas plutôt dû :

1) lui montrer *Le Petit Explique-tout* et les lunettes Voisclair – *dès le lendemain de mon anniversaire* ;

2) lui révéler l'existence du fantôme bleu qui hantait notre classe – *dès la récréation* ;

3) lui demander de m'accompagner ce soir afin qu'elle m'aide à capturer mon… *notre* premier fantôme bleu ;

4) *ne pas lui mentir du tout*, tout simplement ?

J'avais tout oublié des loup-garous et des vampires.

La culpabilité était revenue en force et elle n'avait fait qu'une seule bouchée de ma peur.

« Tu craignais qu'elle ne croie pas à tes histoires de fantômes ? pensai-je. Allons donc ! Ne voulais-tu pas plutôt les garder pour toi tout seul ? »

— Non, jamais ! fis-je d'une voix étranglée.

Les larmes n'étaient pas très loin et, lorsqu'elles surgiraient, elles seraient amères.

— Dès demain matin, je lui dis tout !

Oui ! Je lui avouerais tout !

Mais...

Mais Mireille saurait-elle me pardonner ?

Si je lui avouais, l'air contrit, que je lui avais raconté les pires mensonges de ma vie, comment réagirait-elle ? Je vous l'ai déjà dit, chers amis, son sourire est indescriptible. Et il me semble encore plus indescriptible quand nous nous rejoignons à l'école, le matin.

Maintenant, je craignais fort que son sourire disparaisse tout à coup de son visage, qu'il soit remplacé par une grimace d'irritation, de dépit, de très grande rancœur.

En entendant ma confession, Mireille serait déçue de moi, tellement déçue !

Puis la tristesse envahirait ses traits d'habitude si doux. Puis la tristesse céderait sa place à la colère. Je cesserais immédiatement d'être son plus qu'ami. Son visage se fermerait soudain. Ses traits se feraient durs. Elle hausserait les épaules. Elle me tournerait le dos. Elle ne dirait même pas « Bonjour », ni « Adieu », rien.

Plus jamais Mireille ne m'adresserait la parole.

Notre collection de baisers se dessécherait, s'évaporerait, disparaîtrait comme si elle n'eut jamais existé.

— Pas ça !

Je n'avais pas dormi, pas une minute, mais il me semblait que je voguais en plein cauchemar.

Il fallait que je trouve une solution.

Je me tournai vers Hippolyte. Immobile, de l'intérieur de son pot, il me regardait. Il remuait les lèvres. Tentait-il de me parler ?

Une petite voix, dans ma tête, que j'imaginai celle de mon fantôme, murmura : « Toute vérité n'est pas bonne à dire. »

— Si je lui disais… commençai-je.

Mais je ne savais pas ce que j'aurais pu, justement, dire à Mireille.

La voix ajouta : « N'est-ce pas son anniversaire, bientôt ? »

J'ouvris grand les yeux. Une idée prenait forme.

— Si je lui disais… répétai-je.

Oui ! Mireille se doutait de quelque chose. Elle m'avait vu avec mes lunettes Voisclair sur le nez, moi qui n'ai jamais porté de lunettes de toute ma longue vie. De plus, elle m'avait vu distrait, perdu dans mes pensées. Elle s'était bien sûr rendu compte que je l'évitais à l'école.

Elle était intriguée, inquiète même, par mes silences.

« Une surprise… » fit la voix.

— Si je lui disais… que je lui prépare une surprise pour son anniversaire ?

« Bonne idée ! Voilà pourquoi tu ne lui as rien dit avant… »

—Voilà pourquoi je lui ai caché l'existence du *Petit Explique-tout* et des lunettes Voisclair. Et que je lui ai caché l'existence du fantôme bleu…

« Une surprise… »

—C'est vrai ! C'est vrai, ça ! Je ne lui ai pas vraiment *caché* des choses – pas « caché » comme dans « jamais je ne te dirai la vérité » –, je voulais lui faire… une *surprise* !

« Ce n'était qu'un tout petit mensonge, tantôt, lorsque… »

—Tantôt, au téléphone, lorsque j'ai parlé à Mireille de ma recherche bidon sur l'Égypte, ce n'était pas vraiment un mensonge. J'avais simplement peur de trop en dire et de vendre la mèche. Ma surprise serait tombée à l'eau !

« Et voilà ! Tu as compris. Tu n'as donc pas à te sentir coupable », continua la voix, qui me semblait un peu amusée. Pendant un bref instant, j'eus l'impression d'être un de ces personnages qu'on voit dans les dessins animés – vous savez, ceux qui reçoivent de bons conseils du petit ange perché sur leur épaule droite et de très mauvaises suggestions du petit diable sur leur épaule gauche. Il me sembla tout à coup que j'étais devenu ce personnage, mais qu'il n'y avait qu'un petit diable pour me guider.

« Ne lui dis rien. Lorsque tu la rencontreras, à l'école, invente d'autres petits mensonges pieux. Mais, entre-temps... »

— Oui, je sais ! Tant qu'à lui faire une surprise, aussi bien lui faire une surprise de taille !

Comme cadeau d'anniversaire, j'offrirais à Mireille sa propre collection de fantômes !

7

Leçon n° 3 : Comment collectionner les fantômes (bleus)

Dans notre jolie petite ville d'un peu plus de quinze mille habitants, l'on retrouve, entre autres :

- deux cimetières (un ancien et un récent) ;
- trois églises (dont une a été transformée en galerie d'art moderne) ;
- un hôtel de ville ;
- un poste de police ;
- une caserne de pompiers ;
- une bibliothèque ;
- un grand parc (le parc du Millénaire) ;
- une école (l'école Soleil du Millénaire) ;

- un cinéma ;
- deux pharmacies ;
- un coiffeur pour hommes et deux autres pour femmes ;
- quatre restaurants (classés parmi les meilleurs et les pires de la région) ;
- une grande clinique vétérinaire qui soigne les bobos des animaux ;
- une plus petite clinique qui soigne ceux des humains ;
- ainsi qu'une vingtaine de commerces qui ont poussé, ces dernières années, le long de la rue Principale (celle qui borde, au nord, le parc du Millénaire).

On retrouve aussi, dans notre jolie petite ville, des dizaines de fantômes.

Quand l'on veut commencer une collection de boutons, il faut se poser la question suivante : « Où vais-je trouver les plus beaux boutons ? »

Quand l'on rêve d'une solide collection de grenouilles, il faut se gratter la tête un peu et réfléchir : « Comment pourrais-je dénicher les grenouilles les plus amusantes, les plus bizarres et les plus rares ? »

Mon sac à dos bourré de pots vides, de bouts de ficelle, de sacs de poussière et de sel, je marchais, ce dimanche matin, le long de la rue Principale, et je me demandais : « Où vais-je trouver d'autres fantômes bleus ? »

Il était très tôt. Le soleil, à peine sorti du sommeil, s'étirait encore au-dessus des arbres à moitié dénudés du parc. Les commerces n'ouvriraient pas leurs portes avant deux ou trois heures. La rue Principale était déserte. Dans le grand silence, à peine troublé par les cris de quelques canards s'apprêtant à migrer sur le tard, mes pas résonnaient si fort sur le trottoir que j'avais l'impression que l'on aurait pu m'entendre à des kilomètres à la ronde.

Il me semblait que j'étais le seul être vivant dans la ville.

Ce qui, avouons-le, se révèle idéal lorsqu'on part à la chasse aux fantômes, peu importe leur couleur.

Mais où les trouver?

J'avais découvert un fantôme dans ma classe. Cela signifiait-il qu'il en existait dans toutes les classes de l'école, ou le mien n'était-il qu'une exception? De toute manière, tout le monde le sait, *impossible* d'entrer dans une école un dimanche matin : toutes les portes sont verrouillées.

Mais j'avais lu la phrase suivante dans *Le Petit Expliquetout* :

Vérité 12 : Les fantômes bleus hantent partout.

Partout ? Bon, d'accord. Mais partout où, au juste ?

Je n'eus pas à réfléchir longtemps, car une réponse s'imposa soudain à mon esprit froissé par le manque de sommeil : un cimetière !

C'est ça ! me dis-je, stoppant devant l'agence de voyage Sur les ailes du vent, qui annonçait sur une grande affiche : « LE TOUR DU MONDE EN 80 HEURES ET MOINS ! VISITEZ LES 5 CONTINENTS SANS VOUS ARRÊTER ! »

Un cimetière ! S'il existait bien un endroit où les fantômes auraient choisi de faire leur petite promenade du dimanche, c'était un cimetière.

Lequel toutefois ? L'ancien ou le nouveau ? L'ancien, dont certaines pierres tombales, grises, usées, chancelantes, portaient des inscriptions qui dataient du début des années 1800, ou le nouveau, avec ses pelouses lisses comme des verts de terrains de golf ?

Pourquoi ne pas chasser les *vieux* fantômes bleus ?

Oui, des vieux ! Une collection de vieux fantômes bleus tous habillés en costumes d'époque !

Mireille adorerait ça. Elle serait conquise ! Elle me pardonnerait sûrement mes mensonges de la semaine précédente. Et elle me pardonnerait aussi tous ceux, plus petits ou plus grands, que j'avais dû accumuler ces trois derniers jours.

Pourquoi ai-je donc décidé, à cet instant précis, de chausser mes lunettes Voisclair ? Je n'en sais rien. J'étais pourtant encore à dix minutes de marche du vieux cimetière. Peut-être voulais-je voir à quoi ressemblait ma petite ville, le matin, vue à travers ces verres magiques.

Je sortis donc les lunettes de mon sac à dos.

Je les mis sur le bout de mon nez.

Et les fantômes apparurent.

▲ ▼ ▲

Le premier fantôme bleu passa à toute vitesse à travers moi, monté sur sa bicyclette, ses longs cheveux au vent.

Le deuxième, un bleu lui aussi, surgit du sol, à un mètre à peine à ma gauche, flotta quelques secondes au-dessus de la rue, puis s'éleva lentement, comme un ballon. Je le suivis du regard, longtemps, jusqu'à ce qu'il eût disparu, trop haut dans le ciel pour que je pus le distinguer.

Il y en avait partout, des fantômes bleus !

Rapidement, j'en comptai une douzaine.

Une douzaine, vous vous imaginez ?

Là, devant moi !

Une douzaine de fantômes qui volaient, flottaient et couraient.

Ils semblaient prisonniers. Comme mon bon Hippolyte avant que je ne le libère. Ils répétaient sans cesse les mêmes gestes. Ils apparaissaient, faisaient quelques pirouettes ou entraient et sortaient d'un commerce (par la porte ou par le mur !), disparaissaient, puis réapparaissaient encore. (Tenez, celui-là, par exemple, habillé en clown, qui semblait avoir un faible pour la chocolaterie Le sourire de l'Aztèque.)

Pauvres fantômes !

J'étais incapable de bouger. Auriez-vous pu bouger à ma place ? Pendant que je me tenais immobile, le fantôme sur sa bicyclette n'en finissait plus de me passer au travers. Je ne sentais rien sauf une curieuse sensation de froid.

Puis je remarquai quelque chose de surprenant : pas un seul fantôme ne souriait.

Bien sûr, me direz-vous, car c'étaient des bleus et, on le sait, les fantômes bleus sont les plus…

— Ils semblent si malheureux, murmurai-je. Si tristes…

Un garçon apparut soudain devant moi. Quel âge pouvait-il bien avoir ? Quatre ans ? Cinq, peut-être ? En maillot bleu, avec son seau et sa pelle en plastique bleu, il semblait prêt à partir pour la plage.

Il avait les yeux, ses grands yeux bleus, braqués sur moi.

Je frissonnai.

—Non... fis-je d'une petite voix.

Un enfant peut-il mourir à quatre ou cinq ans ? Avant même qu'il n'ait eu le temps d'apprendre à lire et à écrire ? De se faire des tas de meilleurs amis ou... une petite amie pour la vie ? Avant même qu'il n'ait eu le temps de ne plus croire au Père Noël ni à la Fée des dents ?

Dommage, mais la réponse est oui, bien sûr.

J'étais secoué...

Pourtant, direz-vous, *tu savais très bien que pour devenir un fantôme, il faut d'abord...*

Oui, je sais ! On en a déjà parlé : pour devenir un fantôme, il faut d'abord *mourir*.

Or, voyez-vous, si aujourd'hui l'idée de rencontrer un fantôme au coin de la rue ne me surprenait plus qu'à moitié, je ne comprenais pas du tout ce qu'est *véritablement* la mort. Jusqu'à ce jour, je n'avais jamais eu à pleurer la mort d'un proche. Aucun parent ni ami de la famille. Le deuil ? Je ne connaissais pas. La mort, c'était quelque chose qui, dans les films, survenait aux méchants – bien fait pour eux ! Mais parfois aussi à quelques bons.

Je sentis ma gorge se serrer alors que le garçon se mit à disparaître.

Il devenait peu à peu transparent.

Il disparaissait comme certains souvenirs le font quand ils vont se cacher, sans qu'on le veuille, quelque part loin dans notre tête.

Après quelques secondes, le petit garçon n'était plus là.

Et je pleurais maintenant, quelques larmes brûlantes, tout seul au petit matin dans une rue pleine de fantômes.

Cependant… après quelques secondes encore, le voilà qui réapparaissait.

« Un souvenir comme celui-là ne disparaît jamais, me dis-je. Il doit encore vivre dans le cœur de ses parents. »

Le garçon, cette fois-ci, me semblait-il encore plus triste qu'avant ?

— Il faut que je le libère, fis-je en m'essuyant les yeux.

Puis je rajoutai :

— Il faut que je les libère ! Tous ! Sans exception !

J'étais donc investi d'une mission : libérer tous ces fantômes de leur prison éternelle, leur faire retrouver la paix, leur permettre de se reposer confortablement, bien au chaud, dans une nouvelle demeure toute douillette. Ils ne seraient plus désormais des âmes errantes – ou flottantes, ou filantes ou entrantes, ou sortantes. Ils deviendraient des âmes tranquilles, des âmes logées, nourries, blanchies (mais pas trop, afin qu'elles conservent leur jolie teinte de bleu ciel).

Et par la même occasion – pourquoi pas ? –, j'aurais une merveilleuse collection hors de prix et unique au monde entier.

Euh…

Ce n'est pas tout à fait ce que je voulais dire.

Cette collection ne serait pas à moi.

Elle serait à Mireille. Oui. Mireille.

La grande et spéciale et tout à fait bleue collection de fantômes bleus de Mireille !

▲ ▼ ▲

Début de la cueillette : 6 h 45.
Fin de la cueillette : 8 h 45.
À 8 h 45, alors que les premières automobiles commençaient à circuler (sans doute des gens pieux qui se rendaient à la première messe du dimanche), j'avais capturé – non : libéré ! – ma douzaine de fantômes. Dont celui à bicyclette.

Je n'avais plus de pots, plus de ficelle, plus de poussière, plus rien.

Et parce que je n'avais apporté que onze pots, j'avais dû loger deux fantômes dans le même. Mais j'avais fait, j'en étais convaincu, un choix judicieux : le petit garçon prêt pour la plage partageait dorénavant sa nouvelle demeure avec le clown-fantôme.

Ils auraient beaucoup de plaisir ensemble !

Enfin le petit garçon ne serait plus jamais triste.

Ils pourraient, lui et le clown, faire des fêtes d'anniversaire quand bon leur semblerait !

Je me sentais génial.

Mais je ne l'étais pas vraiment.

8

Leçon n° 4 :
Comment
perdre sa plus
que plus
qu'amie

Voici, chers amis, racontée dans l'ordre, ou à peu près, mais surtout racontée avec une boule dans la gorge et un nœud dans l'estomac, la façon dont j'ai perdu Mireille, ma meilleure amie, ma plus que plus qu'amie... Disons-le donc : ma petite amie !

Tout ça se préparait depuis quelque temps déjà (les plus astucieux d'entre vous l'auront sans doute deviné). Mais le pire, le désastreux, le *cataclysmique* survint le jour de son anniversaire, le jour de ses douze ans, le samedi suivant ma pêche miraculeuse aux fantômes bleus. Après une journée passée chez Mireille, une journée qui m'avait permis d'entrevoir ce que serait le paradis à la fin de mes jours, j'ai découvert que, pour moi du moins, l'enfer n'est jamais très loin.

Mais j'ai dit que je raconterais mon histoire « dans l'ordre ».

Allons-y donc…

▲ ▼ ▲

Dimanche 15 octobre,
dans ma chambre

De retour à la maison, j'alignai les onze pots et leurs locataires sur la tablette au-dessus de ma table de travail. Hippolyte alla rejoindre ses nouveaux amis sans protester.

Oh, les amis, quel tableau ça faisait !

Imaginez : treize fantômes bleus – de toutes les teintes de bleu, pas une pareille, du plus foncé au plus pâle, du plus vibrant au plus mat –, treize fantômes bleus qui tournaient, sautaient, sautillaient, plongeaient, faisaient des culbutes.

Le cycliste pédalait comme un dingue. Ses longs cheveux volaient et s'emmêlaient. Les roues de sa bicyclette tournaient à une vitesse folle. Mais comme s'il se retrouvait au gym sur un vélo d'exercice, le fantôme n'avançait pas d'un centimètre.

Le clown gonflait des douzaines de ballons bleus. Il les lançait dans les airs. Le petit garçon tentait de les attraper. Lorsqu'il ne les attrapait pas, il donnait des coups de pieds dans les tibias du clown, puis allait bouder dans son coin (ce qui, dans un pot circulaire peut se révéler particulièrement difficile !).

Il y avait le fantôme d'un policier qui martelait de sa matraque la paroi de son pot, puis qui se mettait à diriger frénétiquement la circulation. Il s'imaginait peut-être, à l'heure de pointe, posté à l'intersection de deux rues trop animées, alors que les voitures venaient de tous bords tous côtés.

Il y avait le fantôme bleu d'une vieille dame qui promenait, au bout de sa laisse, le fantôme bleu de son petit chien. Le petit chien faisait des pipis bleus sans arrêt. (Puisqu'ils étaient inséparables, la vieille dame et son petit chien ne comptaient, pour moi, que pour un seul fantôme.)

Il y avait une femme d'affaires et deux hommes d'affaires. J'avais rangé leurs pots côte à côte. Ces fantômes semblaient discuter tous les trois sur leurs portables et fumaient comme des cheminées. Ils se regardaient rarement, mais lorsqu'ils se regardaient, ils semblaient se lancer des regards pleins de méfiance.

Je ne sais pas trop ce que faisaient mes quatre autres nouveaux fantômes. Ils semblaient mimer les gestes de leurs professions ou leur train-train quotidien, mais je n'arrivais pas à deviner. Je n'ai jamais rien compris aux mimes.

Et que faisait Hippolyte pendant ce temps ? Rien de bien spécial. Bras croisés sur sa poitrine, il se tenait sur la tête, bien immobile. Drôle de zigoto, celui-là !

Je reculai de quelques pas.

J'eus un grand sourire : j'avais là une superbe collection de fantômes.

Probablement la plus belle collection de fantômes bleus au monde.

Probablement la seule aussi.

Et c'était la plus belle de mes collections, toutes mes autres pâlissant devant elle. Et bientôt elle appartiendrait à Mireille…

Contre un baiser. Oui, un baiser à rajouter à notre collection de baisers.

… Si et seulement si Mireille voulait encore de moi !

▲ ▼ ▲

Vous vous demandez sûrement : « Jean-Stanislas ne nous a-t-il pas raconté que les fantômes n'ont pas de pieds, que leurs jambes se terminent en pointe et que cette pointe s'agite, tourne et tourbillonne comme une vrille de fumée ? Alors, comment donc le cycliste peut-il pédaler comme un dingue ? Comment donc le petit garçon, qui nous semble d'ailleurs plutôt mal élevé, peut-il donner des coups de pieds au pauvre clown ? N'y a-t-il pas là une légère erreur ?

Non. Nenni. *Nada*. *Niet*. Pas du tout. *You're wrong*. Si je peux me permettre ce commentaire, vous avez mal lu.

Souvenez-vous, je parlais de ce cher Hippolyte.

Et de lui seul.

Car comme il est écrit dans *Le Petit Expliquetout* :

VÉRITÉ 26 : LES FANTÔMES DISPOSENT DES MEMBRES DONT ILS ONT BESOIN.

Ainsi, le cycliste avait des jambes et des pieds comme vous et moi. La dame qui promenait son chien et le clown aussi, tout comme le petit garçon, mais il faut lui pardonner ses écarts de conduite. Les jambes du policier ainsi que celles de la femme et des hommes d'affaires se terminaient en tourbillon. Deux des quatre derniers fantômes avaient des pieds, les deux autres, pas. Pourquoi ? Aucune idée. Lorsqu'elle reviendra, je demanderai à grand-maman Rose, elle sait peut-être.

▲ ▼ ▲

Dimanche 15 octobre, même endroit, mais une heure plus tard

Maman – portant son traditionnel costume du dimanche matin, c'est-à-dire un large pyjama Minnie Mouse qui me fait grincer des dents même lorsque je ne le revois qu'en pensée – était montée dans ma chambre.

Comme tous les dimanches matin, papa dormirait jusqu'à midi.

Et comme tous les dimanches matin, que j'en aie envie ou pas, maman venait *dialoguer avec son fils*. (« Pourtant, lui avais-je déjà dit, nous parlons ensemble tous les jours. — Tous les jours ne sont pas dimanche, avait-elle répondu. Les dimanches, je ne travaille pas sur mes projets de publicité. Mes clients me laissent tranquille. J'ai tout le temps. Nous pouvons donc échanger, communiquer, nous pouvons nous raconter toutes sortes de choses, rire aux larmes ensemble, partager des secrets… — Des secrets, ça ne se partage pas, maman, avais-je répliqué, indigné. Ça doit demeurer *secret*, justement. »

Elle nous avait donc préparé un petit-déjeuner spécial. Elle déposa sur le pied de mon lit un grand plateau chargé de victuailles. Comment avait-elle fait pour monter tout ça dans l'escalier qui d'habitude lui faisait peur ? Sur le plateau, l'on retrouvait :

- un pot de jus d'orange fraîchement pressé (avec deux verres);
- un bol de café au lait pour elle et, pour moi, un grand verre de lait au café;
- des croissants (deux pour elle, deux pour moi);
- des toasts beurrés, enveloppés dans une serviette de table afin qu'ils demeurent chauds le plus longtemps possible;
- de la confiture aux fraises;
- du beurre d'arachide;
- et de la marmelade aux trois agrumes.

— Aurais-tu préféré des céréales? demanda maman en nous versant du jus d'orange. Ou encore des œufs brouillés avec du bacon?

— Maman, fis-je, tu sais que je n'aime pas le bacon.

Elle hocha la tête.

— C'est vrai, ça. Ton père adore le bacon. Il en mange des quantités effroyables, et ça lui martyrise le foie.

Elle but une gorgée de jus, puis, s'apercevant tout à coup que je n'étais pas en pyjama, mais en jeans, elle dit :

— Depuis quand es-tu levé ?

— Depuis l'aube. Je n'arrivais plus à dormir.

— Mais qu'as-tu fait pendant tout ce temps ?

— Je me disais que je manque d'exercice. Alors, j'ai été prendre l'air. J'ai fait une longue promenade.

Et voilà mon premier mensonge de la journée ! Combien y en aurait-il d'autres ?

Maman me fit un clin d'œil et demanda :

— Ce n'était pas plutôt à un rendez-vous galant que tu te rendais ?

Je me tortillai sur mon lit. Je secouai la tête énergiquement.

— Pas du tout !

— Mireille est une très jolie fille, dit maman. Et très polie aussi. Et très intelligente.

Elle me fit un autre clin d'œil et reprit :

— Tu n'as pas à filer de la maison en cachette si tu veux la rencontrer, tu sais.

J'avalai mon jus en faisant le plus de bruit possible afin de ne pas avoir à répondre. Qu'aurais-je pu lui répondre ?

En me rendant vers la rue Principale, quelques heures plus tôt, j'étais passé devant la maison de Mireille. Je m'étais arrêté.

Il est facile de deviner, je crois, quand tout le monde dort dans une maison. On dirait que les fenêtres sont plus opaques, plus sombres, plus… vides. Il règne, autour de la maison, même s'il fait déjà jour, un silence très dense, comme ouaté. La maison retient son souffle pour ne déranger personne. Parfois, on peut voir un chat qui monte la garde devant la porte. Il a passé la nuit dehors comme d'habitude. Il attend. Il sait qu'il n'aura pas droit à son petit-déjeuner avant quelque temps encore.

La maison de Mireille était tout à fait endormie. J'avais levé les yeux vers la fenêtre de sa chambre, au premier, à droite. Je m'étais mis à imaginer Mireille dans sa chambre décorée en jaune, dormant sous sa couette jaune, dans une nuisette jaune, son visage éclairé, dans le sommeil, par un sourire… indescriptible.

Et je m'étais mis à rougir.

—Tu n'as pas à rougir, fit maman entre deux bouchées de toast, me ramenant aussitôt au présent.

—Je n'ai pas été rencontrer Mireille, dis-je en choisissant un croissant.

Ce qui n'était pas faux. Même si j'avais ressenti l'envie féroce de grimper dans la vigne qui couvre le mur de sa maison, grimper, grimper, puis frapper à sa fenêtre en hurlant : « Pardonne-moi, Mireille ! Je t'ai menti ! Pardonne-moi ! Tu me manques énormément ! »

Attrapant son café, maman se leva et fit quelques pas dans ma chambre en buvant. Elle s'arrêta un instant devant ma table de travail.

—C'est quoi, ça ? demanda-t-elle en pointant du doigt la rangée de pots sur la tablette.

Je réfléchis quelques secondes, puis je lui dis la vérité:

— Des pots.

Maman se tourna vers moi, sourcils froncés.

— J'avais cru deviner, fit-elle. Tu fais une collection de pots maintenant?

Je réfléchis quelques secondes encore, puis... un mensonge:

— Une collection de rien.

— De rien?

— Pour l'instant. Je verrai plus tard.

— Il y a des ficelles là-dedans, dit maman en se penchant au-dessus de ma table. Et... de la poussière, on dirait. Et du sel?

De mon lit, je jetai un coup d'œil rapide: ouf! rien ne bougeait à l'intérieur des pots, ni les ficelles ni la poussière. Sans doute étonnés de voir maman devant eux, mes fantômes semblaient vouloir se tenir tranquilles.

—Je n'ai pas pris de décision encore, dis-je.

—Ça n'explique pas...

—J'y vais à tâtons. Tu vois, c'est comme une expérience scientifique. J'attends pour voir si une idée ne viendra pas...

J'allais continuer cette explication tarabiscotée, ajouter d'autres détails exotiques (une fois les mensonges bien réchauffés, plus rien ne peut les arrêter!), mais maman secoua la tête. Ses épaules s'affaissèrent un peu. Une espèce de sourire, désespéré, contrefait surtout, apparut sur son visage.

Maman était déçue, je le savais. La magie de ce dimanche matin avec son fils s'était soudain évaporée.

Faudrait-il, se demandait-elle sûrement, que je retourne voir le psychologue ? Avais-je maintenant franchi une nouvelle étape de mon syndrome du collectionneur juvénile ? Du niveau « a.-p. », étais-je passé au niveau « c. m. » – complètement maboule ?

Ah ! maman ! Si seulement tu savais !

▲ ▼ ▲

Lundi 16 octobre,
école Soleil du Millénaire

Il n'y avait que Mireille dans la cour d'école. À mes yeux du moins.

C'était un lundi gris. Comme tous les lundis qui ne sont pas des congés. Mais en voyant Mireille qui s'approchait, j'oubliai les nuages tristounets, le temps juste un peu trop frais, l'asphalte encore mouillé par la pluie de la nuit précédente.

Je n'irai pas jusqu'à prétendre que Mireille, comme parée d'un nimbe doré, chassait le temps couvert et que ses pas étaient accompagnés d'une douce musique, mais à mes yeux, Mireille *brillait*. Il n'y avait qu'elle de vraie. Tous les autres élèves, malgré leurs criaillements, n'étaient plus que des… fantômes.

Je n'avais pas parlé à Mireille depuis près de deux semaines. Je veux dire parlé *pour vrai*. Pendant deux semaines, j'avais fait des détours, j'avais fui, je m'étais défilé. J'avais trouvé toutes les raisons du monde, et pas nécessairement les bonnes, pour ne pas me retrouver seul avec elle.

Les rares fois où nous nous étions parlé, juste un peu, j'avais multiplié les inventions, les prétextes, les… mensonges.

Ce matin-là, j'étais fébrile.

Lorsqu'elle s'arrêta devant moi, je remarquai son air inquiet.

Je fouillai dans la poche de mon jean. J'en sortis une grenouille en verre soufflé provenant de ma collection de grenouilles. Elle était d'une belle teinte de jaune (la couleur préférée de Mireille, comme vous vous souviendrez sûrement). Je la lui tendis en retenant mon souffle. Mireille la regarda distraitement, puis la glissa dans la poche de sa veste. Grenouille veinarde, va !

— On fait la paix ? dis-je, après un million d'années à dodeliner.

— Faisait-on la guerre avant ? demanda Mireille d'une voix que je qualifierais de « miel et vinaigre » (pas très heureux comme mélange, ça !).

— Non, bien sûr que non ! C'était une expression, comme ça, une façon de parler.

—Ça fait un bail que tu m'évites. Et lorsque tu ne m'évites pas, je sens que tu aimerais être ailleurs. Surtout là où je ne suis pas.

—Je…

Attention, Jean-Stanislas Dubois !

—J'étais occupé…

Attention ! Bien gras, bien dodus, les mensonges se tiennent prêts, en coulisse, à prendre la parole !

—Je voulais te faire une… surprise.

Bon. Voilà. Une demi-vérité. Avouons que c'est mieux que rien. Un trois quarts de vérité eut été beaucoup mieux. Et la vérité complète, alors là…

—Une surprise ? fit Mireille, son air inquiet s'évaporant tout à coup.

—Pour ton anniversaire, ajoutai-je.

Soit dit en passant, Jean-Stanislas, une demi-vérité, c'est aussi un demi-mensonge. N'oublions pas que derrière cette histoire de « surprise pour ton anniversaire » se cache autre chose de plus important.

Mireille regarda par terre un instant, puis dit :

— Moi qui croyais que… Moi qui croyais que tu ne voulais plus… que nous soyons…

— Non ! Non ! protestai-je. Jamais de la vie !

Mireille sortit la grenouille de sa poche, la tourna et la retourna dans sa main.

— Elle est superbe, fit-elle.

— Elle vient d'Italie. Grand-maman Rose me l'a rapportée l'an dernier.

— Tu n'aurais pas dû.

Je pris une grande respiration, fermai les yeux un instant, puis avouai :

— Je t'ai caché des choses importantes.

— Je sais, dit Mireille. Pour me faire une surprise.

— Pas tout à fait…

On approche d'un trois quarts de vérité, Jean-Stanislas. On approche !

— Voilà deux semaines, repris-je, il s'est passé quelque chose. Et ce quelque chose m'a bouleversé.

Le visage de Mireille se rembrunit.

— Tu ne t'es pas fait une autre… commença-t-elle, la voix soudain tremblotante.

Si je ne m'étais pas senti coupable d'avoir menti si longtemps à Mireille, j'aurais éclaté de rire.

— Une autre amie ? Non, Mireille. Pas du tout. Je…

Je suis incapable de faire de grandes déclarations. De vive voix. Si j'avais pris le temps de lui écrire une belle lettre, j'aurais alors pu avouer à Mireille tout ce que je ressentais pour elle, comment elle importait, pourquoi elle était la seule, l'unique, l'irremplaçable. J'aurais pu écrire dix pages, douze même, et je n'aurais pas épuisé le sujet. Mais là, comme ça, à froid, avec Mireille devant moi… Impossible ! Je lui pris la main (ce qui dénotait chez moi un certain courage : n'oubliez pas que nous étions dans la cour d'école, et que des douzaines d'élèves nous observaient sans doute). Je lui pris donc la main et je murmurai :

— J'ai découvert quelque chose de surprenant, d'incroyable, de phénoménal… de *secret*… Et je vais tout te raconter plus tard… À ton anniversaire.

Mireille eut un grand sourire et dit, après m'avoir embrassé joyeusement sur les deux joues :

—Ce sera difficile, je ne tiendrai pas en place de toute la semaine, mais j'attendrai. Je ne te demanderai même pas d'indices…

Elle m'embrassa encore une fois, sur le nez, puis ajouta :

—Je sens que ce sera la plus belle surprise de toute ma vie !

Je le sentais moi aussi.

Mais nous avions tort tous les deux.

▲ ▼ ▲

Samedi 21 octobre

Les parents de Mireille, fort sympathiques, croient cependant qu'on ne peut réussir une fête d'enfants sans y inviter un magicien.

Ce magicien doit savoir faire apparaître des lapins, des colombes, des tortues ; il doit pouvoir sortir de sa bouche des ribambelles de mouchoirs de toutes les couleurs ; il doit être capable de lire dans les pensées ; et il doit surtout savoir fabriquer des animaux en ballons. (Pour ma part, je déteste les bruits que ça fait lorsqu'un magicien les souffle, les étire, les tord et les noue à toute vitesse : *fouusshh-scrouuunch-skouiiiik-schwaaap* ! J'ai toujours une peur bleue que les ballons ne lui éclatent au visage.)

Ils croient aussi dur comme fer qu'il faut inviter le plus grand nombre possible d'enfants. Toute la classe. Dans un monde idéal, toute l'école débarquerait chez eux !

Dans les fêtes organisées par les parents de Mireille, on retrouve donc, entassés dans la salle de jeu au sous-sol de leur maison, des douzaines de garçons et de filles qui, d'habitude, ne jouent pas ensemble dans la cour de récréation et qui parfois ne s'adressent même pas la parole ! Tout ce beau monde doit assister pendant une heure au spectacle du magicien, dont ils connaissent les tours par cœur, les ayant déjà vu les trois ou quatre années précédentes, avant de passer enfin au buffet pour se gaver de gâteau d'anniversaire, de crème glacée (au moins quatre parfums) et de bonbons de toutes sortes.

Cette année, au prix d'efforts considérables, Mireille avait réussi à convaincre ses parents d'oublier le magicien et de n'inviter que ses amis les plus proches. En plus de ceux que vous connaissez déjà (Cassandrah avec un h, Pierre-Yves et R^2) et de moi-même, s'ajoutaient Louise Arsenault, la plus grande et la plus jeune fille de la classe (et du coup la plus timide), Fatima Mansour, qui menaçait de s'évanouir chaque fois que R^2 s'approchait d'elle, et Odile Gaulin, dont les parents possédaient l'église-galerie d'art.

J'assiste aux fêtes d'anniversaire de Mireille depuis que j'ai huit ans. Auparavant, je n'étais qu'un invité parmi les nombreux autres, mais un invité dont le cœur battait toujours très fort le jour de la fête : même à huit ans, Mireille maîtrisait déjà l'art des sourires indescriptibles, et j'espérais qu'un jour ils me seraient adressés.

Cette année, tout avait changé.

Ses sourires indescriptibles, ils étaient dorénavant à moi tout seul, et notre collection de baisers gonflait sans arrêt.

Ce jour-là, je n'apportai pas un gros bouquet de fleurs ni de bague de fiançailles, mais j'offris à Mireille un épais journal qui se verrouille, couvert de toile jaune.

— Ce sera *notre* journal secret à nous seuls, me souffla-t-elle à l'oreille (son haleine sentait si bon la fraise, le miel et la menthe qu'elle aurait pu me souffler toute la journée n'importe quoi à l'oreille – même des tableaux de conjugaison!). Je n'y écrirai que des choses qui nous concernent, ajouta-t-elle. Tu pourras y écrire aussi. Et, puisqu'il y a *deux* clés, nous en aurons chacun une.

Bien que les parents de Mireille n'eussent pas invité un aussi grand nombre d'amis à la fête, ils avaient néanmoins préparé un buffet démesuré. Même si nous y revenions deux ou même trois fois, nous ne réussirions qu'à gruger une infime partie de ce qui menaçait de faire crouler la table montée au fond de la salle de jeu. Dans quelques heures, nous en serions quittes pour de sérieux maux de ventre ou des mâchoires décrochées !

Aucun magicien cette année. Aucun jeu de société non plus. Mireille s'était montrée exception-nellement persuasive ! Mais nous avions à notre disposition deux consoles de jeux électroniques, une immense télé et une demi-douzaine de films loués au club vidéo.

La fête démarrait vers 13 h et devait se terminer à 19 h. Ses parents devant se rendre à une réception, Mireille avait obtenu la permission de venir dormir chez moi.

Il m'avait donc fallu attendre six longues heures avant de dévoiler mes secrets à ma plus que plus qu'amie. Et pendant ces heures interminables, malgré le buffet démesuré, malgré les jeux vidéo et les films d'aventure, d'horreur et d'amour qui, en temps normal, auraient dû me faire perdre toute notion du temps, je n'étais pas tout à fait là.

Pas tout à fait présent, pas tout à fait absent.

Je ne tenais pas en place. Je pensais à ce qui nous attendait, Mireille et moi, là-bas, dans ma chambre. Ce que personne au monde n'aurait pu deviner. Je tentais d'imaginer de quelle manière je lui présenterais Hippolyte et ses amis. En lui racontant tout depuis le début, dans le détail, ou, tout simplement, en lui mettant les lunettes Voisclair sur le bout du nez ?

Je contemplais Mireille qui allait et venait, prenant très à cœur son rôle d'hôtesse. Elle passait d'un ami à un autre afin que personne ne se sentît délaissé, distribuait des bonbons, des bols de croustilles, des boissons douces. Mais, à tout moment, elle me décochait discrètement un sourire… indescriptible.

Se sentait-elle aussi frébrile que moi ? Peut-être que oui, peut-être que non. Elle ne pouvait deviner la surprise qui l'attendait. Elle imaginait sans doute un cadeau spécial, quelque chose d'unique, bien sûr, peut-être même du fait main, le fruit des talents très bien cachés de Jean-Stanislas Dubois. Un cadeau agrémenté de quelques baisers destinés à notre collection. Ce qui allait de soi.

Finalement, tout étant relatif, comme l'a si bien écrit Einstein, les heures passèrent à un rythme ni lent ni rapide. Louise mangea trop, mais alors là beaucoup trop, puis s'enfuit à grandes enjambées de la salle de jeu et disparut pendant de longues minutes dans les toilettes. Une courte discussion éclata entre Odile et Cassandrah avec un *h* à propos de qui était le plus beau prof de l'école. À 16 h, on découvrait Fatima et R^2 scotchés ensemble, qui arboraient de grands sourires sérieux (car c'est sérieux, l'amour naissant!).

Un peu plus tôt, alors que nous mangions une première part de gâteau, Mireille s'était tournée vers moi et m'avait demandé, la bouche pleine:

— Est-che que ch'est chaune?

J'avais secoué la tête.

— Ch'est bleu, avais-je dit, la bouche pleine aussi.

Plus tard, alors que Jason s'en prenait à Freddy Krueger et à Godzilla, ma plus que plus qu'amie m'avait demandé:

— Vais-je pouvoir le porter pour aller à l'école ?

— Sûrement pas, avais-je répondu avec un petit sourire.

Plus tard encore, alors que nous observions Louise qui revenait, très, *très* pâle, de son long séjour dans les toilettes, Mireille m'avait demandé :

— Ça s'accroche au mur ?

— Pas vraiment.

— Ça irait bien sur mon lit avec mes peluches ?

— À mon avis, ce serait un peu trop encombrant.

— Est-ce un cadeau utile ?

— Tout à fait inutile.

— J'espère que ça ne t'a pas coûté une fortune…

— Pas un sou !

Mireille avait fait une moue et avait dit :

—C'est bleu et je ne pourrai rien en faire. Hum! Je me demande si je vais l'aimer, cette surprise-là!

Puis, devant mon air soudain alarmé, elle avait éclaté de rire.

On ne peut pas imaginer qu'un éclat de rire, un si bel éclat de rire, beau comme trois accords de guitare exécutés à la perfection, puisse, en quelques heures à peine, se transformer en larmes de rage.

▲ ▼ ▲

Samedi 21 octobre, plus tard
La fête terminée, les amis repartis chez eux, les parents de Mireille avaient insisté pour que nous rapportions le plus de victuailles possible chez moi.

—Nous ne pouvons plus rien avaler, je vous assure! leur avais-je dit.

Peine perdue. Nous avions traversé le parc du Millénaire, chargés comme des mulets (et moi, gallant jeune garçon, j'avais offert de porter, en plus, le sac de toile dans lequel Mireille avait glissé un pyjama, un peigne, sa brosse à dents, quelques petits pots de crème et des vêtements de rechange pour le lendemain).

Arrivés à la maison, nous avions dû refuser à plusieurs reprises le dîner que nous avait préparé papa.

— Si ça continue, je vais peser cent kilos ! avait protesté Mireille.

Et pendant que papa rangeait dans le frigo le contenu de nos sacs à dos et prenait des nouvelles de Mireille, j'avais dû souffrir en silence les chuchotements, les grands sourires et les clins d'œil complices de maman.

Puis nous nous étions enfin échappés et nous avions grimpé jusqu'à ma chambre.

— Brrr ! fit Mireille. Il fait plutôt frisquet dans ta chambre !

— Tiens, c'est vrai, ça. J'ai dû laisser la fenêtre ouverte.

Pourtant, elle ne l'était pas. Bizarre. Je haussai les épaules et réglai le thermostat.

— Faudra que j'en parle à mes parents, dis-je. L'hiver s'en vient et je ne compte pas porter mon anorak pour dormir !

Je tendis son sac à Mireille. Elle me sourit et laissa échapper un soupir.

— Si la surprise est cachée ici, fit-elle en jetant des coups d'œil rapides aux bibliothèques débordantes de collections, jamais je ne la trouverai !

Pourtant, la surprise n'était pas cachée, mais alors là, pas du tout ! Elle était juste là, au-dessus de ma table de travail, parfaitement à la vue. Douze petits pots identiques qui contenaient des merveilles. Invisibles.

— Hum ! Il m'a l'air particulièrement confortable, ce lit-là, dit Mireille en déposant son sac près du matelas gonflable, couvert d'une épaisse couette, que mes parents avaient installé à quelques pas du mien.

Par où commencer ? De quelle manière devais-je m'y prendre pour lui annoncer ma découverte ?

— Tu sais, Mireille, les fantômes existent. Mais contrairement à ce que l'on voit dans les films, ils ne se promènent pas en geignant, cachés sous de grands draps blancs. Ils viennent plutôt en quatre couleurs différentes : bleu, vert, blanc et rouge. Les fantômes bleus sont les plus malheureux, mais aussi, semble-t-il, les plus nombreux. À ce jour, d'ailleurs, je n'ai vu que des fantômes bleus. Il faut croire que je n'ai pas cherché très longtemps. Peut-être que les autres sont plus discrets, ou qu'ils se cachent mieux, ou qu'ils sont rarissimes. Mais puisque je n'ai pas encore terminé la lecture du *Petit Expliquetout*, je ne peux affirmer avec assurance que…

Non, ça n'irait pas du tout.

Et si je prenais l'un des pots sur la tablette au-dessus de ma table de travail et que je le lui mettais sous le nez en annonçant :

— Mireille, permets-moi de te présenter Hippolyte. Hippolyte, voici ma plus que plus qu'amie, Mireille.

Non, ça ne fonctionnerait pas non plus.

Je pourrais éteindre la lumière. Je pourrais laisser Mireille seule au centre de la pièce. Je pourrais prendre une voix caverneuse, démoniaque, *outretombesque* et murmurer :

— Mireille… As-tu peur dans le noir ?… Houuuuuu ! Crois-tu aux fantômes ? Houuuuuu !

Pas ça ! Elle m'en voudrait pour le reste de ses jours !

Mireille vida son sac sur le lit gonflable.

— Dès que je te donne le signal, tu te retournes pour que j'enfile mon pyjama.

Je songeai soudain : « Et si j'étais le seul qui puisse voir des fantômes ? Grand-maman Rose l'a écrit dans sa lettre, il se peut que les lunettes Voisclair ne fonctionnent que pour moi. Comment donc vais-je arriver à convaincre Mireille que les fantômes existent bel et bien ?»

Si vous aviez été là, chers amis, vous m'auriez sans doute conseillé, avec sagesse : « Pourquoi chercher de midi à quatorze heures ? Pourquoi ne pas commencer par le commencement ?» Peut-être étiez-vous là en pensée, car c'est exactement ce que j'ai décidé de faire.

—Retourne-toi, fit Mireille.

Je me retournai vers le mur. Je rougis un peu en entendant les « woush-woush » du pyjama qui se substituait à toute vitesse aux jeans, t-shirt et baskets.

—Terminé !

Je me retournai vers Mireille.

Elle portait maintenant un superbe pyjama chinois de soie jaune. On aurait dit un mannequin dans un magazine.

— J'ai demandé à maman de me l'acheter spécialement pour l'occasion, dit-elle. D'habitude, je porte toujours la même nuisette pleine de trous!

Je bredouillai un compliment quelconque et courus littérallement vers ma table de chevet, ouvris le tiroir et en sortis les lunettes Voisclair et *Le Petit Expliquetout*.

Je revins vers Mireille et m'assis à côté d'elle sur le lit gonflable.

— Le cadeau que je veux te donner, dis-je, est un cadeau que tu devras partager avec moi.

Mireille lança:

— Chouette!

— Mais je dois d'abord te raconter un certain nombre de choses.

— Rien de tel qu'une bonne histoire avant d'aller dormir!

— Mon histoire te semblera un peu bizarre.

— J'adore les histoires bizarres, les mystères…

— Tu auras sans doute quelque difficulté à me croire…

— Im-pos-si-ble !

Je pris une grande respiration et je commençai :

— Ma grand-mère Rose est une vieille dame disons… particulière…

▲ ▼ ▲

Samedi 21 octobre,
plus tard encore

Tout le temps que dura mon histoire, Mireille ne bougea pas d'un millimètre. Je ne savais pas qu'on pût demeurer aussi immobile. Ce même sourire, qui parfois me faisait m'embrouiller si je le fixais trop longuement, demeura sur son visage tout le temps. C'est à peine si elle cligna des yeux.

Plus tôt, j'avais fermé la porte de ma chambre. Aucun bruit ne provenait de l'étage au-dessous ni du rez-de-chaussée. Mes parents se faisaient discrets ou ils dormaient déjà.

Dans ma chambre, on n'entendait que le son de ma voix.

À mesure que j'avançais dans mon récit des derniers jours, j'avais de plus en plus chaud. Mireille immobile, son sourire immuable, j'avais l'impression de parler tout seul à voix haute ou de parler à une photo grandeur nature de ma plus que plus qu'amie.

Je ne lui racontai pas toute l'histoire. Je voulais garder le meilleur pour plus tard. Je lui parlai des cadeaux de grand-maman Rose, du *Petit Expliquetout* et des lunettes Voisclair. Je lui racontai ma première rencontre avec le fantôme bleu dans notre classe, puis celle avec les fantômes de la rue Principale… *mais j'évitai de lui annoncer que je les avais capturés.*

Je ne voulais pas sauter d'étapes.

Je ne voulais pas rater mon effet.

Quand j'eus enfin terminé, Mireille me regarda longuement.

Puis elle applaudit et dit :

— Un jour, Jean-Stanislas, tu vas devenir écrivain !

Écrivain ?

Oh non ! Mireille n'avait pas cru un traître mot de ce que je venais de raconter ! Elle s'imaginait que c'était une histoire inventée de toutes pièces pour l'amuser !

— Tout ce que j'ai dit est vrai de vrai ! protestai-je.

— Des fantômes ? fit Mireille en riant. Allons donc !

— Tu as promis que tu me croirais.

—Oui, je te crois. Je crois que tu n'as pas copié ton histoire dans un livre, qu'elle provient entièrement de toi, de toi tout seul, que tu as de véritables talents de conteur et que…

J'ouvris *Le Petit Expliquetout* à une page au hasard. Je le tendis à Mireille.

—Que vois-tu ? demandai-je.

Elle sourit et répondit :

—Rien, bien sûr. Les pages sont blanches… Oh ! Je comprends où tu veux en venir. Il s'agit du *Petit Réparetout* dont tu me parlais tantôt, n'est-ce pas ? Ce livre magique que ta grand-mère t'aurait donné comme cadeau d'anniversaire ?

—*Le Petit Expliquetout*, corrigeai-je.

Mireille haussa les épaules.

—Peu importe, dit-elle en me remettant le livre. Génial, comme idée, de me le montrer ! Ça donne encore plus de réalisme à ton histoire. Je t'assure que tu as l'âme d'un grand écrivain !

Je lui tendis les lunettes Voisclair.

— Essaie-les, dis-je.

— Je déteste les lunettes, grimaça Mireille. Ça ne me va pas du tout. L'été, je ne porte même pas de lunettes de soleil. De toute manière, j'ai une vision parfaite, alors…

— Essaie-les, insistai-je. Fais-le pour moi. Je te promets que tu ne le regretteras pas.

— Bon, d'accord, maugréa-t-elle en les enfilant. C'est bien parce que tu es mon plus que plus qu'ami et que je veux bien jouer ton jeu. Mais je vais avoir l'air d'une idiote. Alors, si tu as le malheur de rire…

Elle grogna.

—Je ne vois presque plus rien, Jean-Stanislas. C'est comme si je regardais sous l'eau, et je…

Mireille étouffa un cri. Comme elles l'avaient fait pour mon visage, les lunettes Voisclair s'ajustaient lentement à la forme du sien. Je lui souris pour la rassurer.

—Ne crains rien, fis-je. Dans quelques secondes…

Mireille s'éclama soudain :

—Mon Dieu ! Comme je vois clair !

—Parfaitement clair ? Plus clair que tu n'as jamais vu auparavant ? C'est exactement ce que je me suis dit la première fois.

—Comment as-tu fait pour dénicher un truc pareil ? Jamais…

—Ce n'est pas un *truc*, Mireille. C'est la *vérité* complète, totale, parfaite, *intégrale* !

Je lui remis *Le Petit Expliquetout*
entre les mains.

— Maintenant, dis-je, lis un
paragraphe.

— Il n'y a rien, dans ce damné…,
commença-t-elle sur un ton agacé.

Puis elle fit :

— Oh ! Oh !

Puis elle ajouta :

— Mais c'est impossible !

Elle en avait presque les larmes
aux yeux.

— Lis, Mireille, fis-je doucement. Quelques lignes seulement.

Elle hésita un instant, puis lut :

VÉRITÉ 87 : LES FANTÔMES BLEUS
N'ONT PAS DÉCIDÉ D'ÊTRE BLEUS.
RIEN N'ASSURE QU'ILS LE
DEMEURERONT À JAMAIS.

Mireille tourna quelques pages.
Elle lut encore :

CONSEIL 61 : LES POUSSIÈRES NE SONT PAS TOUTES DE LA MÊME QUALITÉ. LA POUSSIÈRE SOMBRE DES CAVES QUE LES ARAIGNÉES ONT FRÉQUENTÉES DEMEURE LE MEILLEUR CHOIX.

— Tu disais vrai, fit-elle. Tu disais vrai.

— Et ces lunettes te vont à ravir ! dis-je en riant (en effet, ses yeux verts comme la mer en automne paraissaient maintenant verts comme les feuilles les plus tendres au printemps).

C'était donc l'heure de la Grande Déclaration. (Non ! Pas celle-là ! Je n'allais quand même pas demander Mireille en mariage !... Du moins, pas aujourd'hui...)

— J'ai quelque chose d'autre à te montrer, dis-je en me levant. Mais ferme les yeux d'abord.

Et maintenant, chers amis, voici comment, à partir de ce moment, les choses se mirent à dégringoler, à aller de mal en pis.

Mireille ferma les yeux comme je le lui avais demandé.

Je lui pris la main, et ma plus que plus qu'amie se leva à son tour.

Je la guidai vers ma table de travail.

— C'est bizarre, murmura-t-elle. Même les yeux fermés, il me semble que j'arrive à voir un peu. Des formes… des couleurs…

Une fois devant ma table de travail, j'annonçai :

— Tu peux ouvrir les yeux maintenant.

Elle les ouvrit.

Elle fit un petit « Ouf ! »

Elle venait de découvrir la série de pots sur la tablette.

Moi, sans les lunettes Voisclair, vous l'aurez deviné, je ne voyais rien d'autre qu'une série de pots à peu près vides.

J'imaginais toutefois ce que Mireille apercevait, elle, à cet instant précis. Chaque pot brillait d'une douce lumière bleuâtre, comme s'il s'en dégageait une fine brume azurée. Dans chaque pot se trouvait un minuscule fantôme bleu vivant, dans le confort de son foyer, sa petite vie de fantôme libéré des misères de la hantise.

Je glissai les mains dans mes poches (il faisait vraiment frais dans ma chambre) et je dis:

—Le dernier, à droite, je l'ai baptisé Hippolyte. Les autres, je ne leur ai pas encore donné de noms. Peut-être que tu pourrais m'aider…

Mais Mireille ne m'écoutait plus. Elle se penchait au-dessus de la table et regardait attentivement les pots, un à un.

— Voici ma collection de fantômes, fis-je avec orgueil. Ou plutôt *notre* collection. Si tu le veux, tu pourras en apporter quelques-uns chez toi. Ou toute la bande au grand complet. Je te prêterai les lunettes pour… une semaine, disons, puis je les reprendrai. Tu comprends, il n'existe qu'une seule paire de lunettes Voisclair dans tout l'univers… Du moins, c'est ce que je crois. Il faudra que je demande à grand-maman Rose lorsqu'elle reviendra de voyage. D'ailleurs, je devrai lui annoncer que je ne suis pas le seul à pouvoir les utiliser.

Mireille retenait-elle son souffle ? Fronçait-elle les sourcils ? Grognait-elle en regardant la collection ?

— C'est une bien petite collection, continuai-je. Mais sûrement la plus grande au monde ! Et à deux, nous pourrions l'élargir, la compléter. Elle pourrait devenir phénoménale ! Mais il faudrait trouver de nouveaux pots, car je vais bientôt en manquer. Puis nous irions au vieux cimetière pour attraper de vieux fantômes. Et au nouveau cimetière, pour en attraper de moins vieux. Et nous pourrions aller faire un tour du côté du parc. Il doit sûrement y en avoir d'excellents là-bas. Et dans les églises. Ah oui ! dans les églises, on ne doit pas trouver n'importe quelle sorte de fantômes ! Mais il faut éviter les rouges. T'ai-je dit qu'il existe des fantômes rouges ? « Les fantômes bleus sont les plus malheureux, les fantômes verts grognent sans cesse, les fantômes blancs ne sont pas des anges, évitez les fantômes rouges. » C'est ce qui est écrit

dans *Le Petit Expliquetout*. J'ai une idée tout à coup : soyons scientifiques ! Que dirais-tu si nous utilisions un plan de la ville ? Avec un plan, nous pourrions organiser nos recherches. Nous pourrions y marquer où se trouvent tous les fantômes, noter leurs couleurs, surtout si nous trouvions un rouge… Mais, avant d'explorer la ville, ne faudrait-il pas plutôt explorer nos propres maisons ? Hein ? Qu'en dis-tu ? Qui sait s'il n'y a pas un fantôme dans ma cuisine, par exemple, ou… hi ! hi !… dans ta salle de bains !

Mireille aurait dû rire elle aussi, mais elle n'en fit rien. Ne se mordait-elle pas plutôt les lèvres ?

— Nous avons un gros aquarium dans la cave, continuai-je. Il ne sert plus à rien. Maman avait décidé, voilà trois ou quatre ans, qu'il n'existe pas de meilleur remède contre le stress qu'un aquarium rempli de jolis poissons tropicaux. Elle voulait faire disparaître la télé du séjour et la remplacer par son aquarium. Tu imagines ? Mais tous ses poissons sont morts au bout d'une semaine. Elle ne pouvait s'empêcher de leur donner quinze repas par jour ! Cet aquarium serait parfait pour la collection. Tous nos fantômes pourraient y vivre. Ça leur ferait comme une grande cour de récréation. Ils pourraient s'amuser ensemble.

Je n'arrivais plus à m'arrêter de parler.

— Que je les installe dans l'aquarium ou pas, il va falloir les déménager ailleurs. Surtout lorsque nous en aurons plusieurs dizaines. Je devrai faire de la place dans mes bibliothèques. Peut-être devrais-je me débarrasser de quelques collections auxquelles je ne tiens plus vraiment. D'ailleurs, lorsqu'on a une collection de fantômes, pourquoi continuerait-on à collectionner autre chose ? C'est maman qui va être contente. Et puis papa…

Je n'arrivais plus à m'arrêter de parler parce que Mireille demeurait muette. Avait-elle pâli un peu ? Je songeai que, sans doute, après la quantité industrielle de nourriture avalée durant la fête, ma plus que plus qu'amie digérait mal. Pauvre Mireille !

J'allais dire autre chose. Je ne sais plus tout à fait quoi. Allais-je lui parler d'une invention qui me trottait dans la tête depuis quelques jours, une *laisse à fantôme* ? Une laisse spéciale, faite de ficelle nouée et trempée dans de l'eau salée, qui permettrait de promener son fantôme favori comme on promène son chien ?

Je ne sais plus.

Car Mireille parla enfin. Elle dit, d'une voix étranglée :

— Ça n'a aucun sens !

Je restai quelques secondes, comme ça, sans bouger, la bouche grande ouverte.

— Il faut faire quelque chose ! lança Mireille.

Elle me dévisageait. Ses lèvres tremblaient.

— Il faut les libérer ! ajouta-t-elle.

Je me secouai.

— Mais c'est ce que j'ai fait ! protestai-je. Avant, ils étaient prisonniers ! Ils ne pouvaient s'enfuir ! Hippolyte devait sans cesse se lancer par la fenêtre de notre classe ! Il n'avait nulle part où aller !

Mireille croisa les bras sur sa poitrine.

— Et maintenant ? dit-elle. Où vont-ils maintenant, *tes* fantômes ? Que font-ils ?

— Mais ils sont bien, ils sont au chaud, ils…

— Apprécierais-tu de passer ta vie dans un pot ?

— Mais ils ne sont pas vivants, ce sont des fantômes !

— N'ont-ils pas assez souffert, justement ?

— Ils ne souffrent pas, Mireille. Ils ont toute la poussière dont ils ont besoin, et du noir, et…

— Ils sont prisonniers, Jean-Stanislas. Il y a autre chose dans ces pots : des ficelles.

— C'est expliqué dans *Le Petit Expliquetout* : sans ces ficelles, ils s'enfuieraient tous !

— Mais s'ils sont si bien, tes petits amis, pourquoi donc s'enfuieraient-ils ?

— Je… je…

Pourquoi Mireille ne comprenait-elle pas qu'une collection de fantômes se révélait la chose la plus importante au monde pour moi ?

— Regarde-les, Jean-Stanislas, regarde-les bien !

— Je regarde, je regarde !

Mais puisque c'était Mireille qui portait les lunettes, évidemment, moi, je ne pouvais rien voir.

— Hippolyte – mais où donc as-tu été chercher un nom pareil ? – semble désespéré. Vois comme il tourne en rond de plus en plus vite ! Et ce petit garçon… Je crois qu'il n'a jamais aimé les clowns… Je suis sûre qu'il a une peur terrible des clowns, et voilà qu'il est coincé dans un pot avec un clown qui grimace à longueur de journée et qui n'arrête pas de gonfler des ballons comme un fou !

—Moi, je n'ai jamais eu peur des clowns, mentis-je.

—Ce n'est pas ce que ta mère m'a raconté. Il paraît que, lorsque tu étais tout petit, au centre commercial, tu avais…

—Pas vrai !

Mireille secoua la tête avec un air dégoûté.

—As-tu peur des chiens aussi ? demanda-t-elle.

—Non, répondis-je. Euh… sauf les gros. Mais pourquoi donc ?

—Je suis sûre que la dame, là, n'avait pas peur des chiens auparavant. Elle les adorait, même. Maintenant, elle ne peut faire autre chose que courir, car son propre petit chien veut la mordre sans arrêt !

Elle me tira par la manche.

—Regarde !

—Quoi encore ?

— Tes fantômes sont malheureux !

— Ce sont des fantômes bleus. Les fantômes bleus sont malheureux. Maintenant, ils n'ont plus aucune raison de…

— Tes fantômes sont tristes ! Tristes et désespérés !

— C'est faux !

— Les fantômes ne devraient pas avoir à vivre enfermés dans un pot !

— Pourquoi pas ?

— C'est trop cruel !

— Qu'est-ce que tu en sais ?

— J'ai des yeux pour voir.

— Et mes lunettes aussi ! Mes lunettes *à moi* !

Je criai presque. Non, avouons-le, j'ai crié. D'une voix aiguë que je ne me connaissais pas, je criai :

— Redonne-moi mes lunettes !

D'un geste brusque, Mireille les enleva et les laissa tomber sur ma table de travail. Même sans les lunettes, ses yeux brillaient. De colère.

Mireille était en colère contre moi. Pour la première fois.

J'étais en colère contre elle. Pour la première fois aussi.

Je me sentais vide à l'intérieur. Rempli de colère, mais vide à l'intérieur.

Mireille murmura :

— Qu'est-ce qu'ils t'ont fait, ces fantômes, pour que tu les traites ainsi ?

Elle murmura ensuite (comme si ces paroles ne devaient pas être prononcées à voix haute) :

— Je te croyais si gentil, Jean-Stanislas. Si gentil. Je ne te reconnais plus.

— Tu n'as rien compris, fis-je.

Je m'éloignai de quelques pas, puis revins aussitôt vers elle. Je tremblais.

— Mireille Clément, dis-je, tu es tout simplement jalouse ! Oui ! Ja-lou-se ! J'ai des fantômes et tu n'en as pas. J'ai un livre et des lunettes magiques et tu n'en as pas. Sans moi, jamais tu n'aurais su que les fantômes existent pour vrai. Tu es jalouse, un point, c'est tout !

Je ramassai mes lunettes. Je traversai la pièce jusqu'à mon lit. Je m'enterrai sous les couvertures, sans même enfiler mon pyjama.

J'attendis quelques secondes que Mireille ait regagné son lit, puis j'éteignis ma lampe de chevet.

Ni l'un ni l'autre n'osa dire « Bonne nuit ».

Ni l'un ni l'autre ne s'endormit avant des heures.

Lorsque je m'éveillai enfin, au matin, Mireille avait disparu.

Intermède

Deux bouteilles lancées à la mer (façon de parler)

Voici une lettre que je trouvai, glissée sous le pot d'Hippolyte, le matin qui suivit notre dispute, à Mireille et à moi :

Jean-Stanislas (j'aurais aimé écrire « Cher Jean-Stanislas » et dessiner un cœur à côté, mais je n'ai sans doute plus le droit maintenant),

Je n'ai jamais ressenti la solitude. J'ai toujours été une fille plutôt indépendante. Je n'avais pas besoin de me sentir entourée par des milliers d'amis. Pas moi, non… Mais je crois que, à

partir d'aujourd'hui, je vais me sentir effroyablement seule.

La colère a eu le temps de s'envoler alors que j'attendais le sommeil (tu remercieras tes parents ; ce lit était très confortable… malgré tout). Qu'est-ce qui a remplacé la colère, alors que, en essayant de ne pas trop faire de bruit en pleurant, j'attendais l'aube ? Un sentiment bizarre que je ne saurais nommer. Chagrin, déception, étonnement, amertume – tout ça mêlé.

J'ai peut-être été dure avec toi, trop dure même, mais je crois que j'avais raison.

Tu n'es pas méchant, j'en suis sûre.

Mais tu as fait quelque chose de pas très joli.

Ces fantômes ne t'appartiennent pas.

Tu n'as pas le droit de les enfermer ainsi.

Tu ne leur as pas demandé leur avis.

Au lieu de tenter de mieux les connaître, de t'en faire des amis – consulte Le Petit Expliquetout, il doit sûrement y avoir une manière d'y arriver –, tu en as fait des prisonniers, des pièces de collection.

J'aimerais que nous puissions retourner en arrière et remettre les choses commes elles étaient avant, mais nous aurions besoin d'un Petit Effacetout *pour y arriver.*

Voilà. C'est tout. Je te laisse notre collection de baisers.

Je ne te déteste pas.

Mireille

▲ ▼ ▲

Bien sûr que Mireille et moi, nous nous sommes revus. Nous ne pouvions y échapper, puisque nous étions dans la même classe. Mais nous nous ignorions à peu près tout le temps. Nous étions polis, pas plus. Les autres élèves nous jetaient des regards curieux. Et Cassandrah avec un *h* me faisait maintenant, trop souvent, de grands sourires et de très peu discrets clins d'œil.

Les jours ont passé, puis les semaines. Un matin (j'avais très mal dormi la nuit précédente : j'avais rêvé que mes dents tombaient une à une, remplacées par des gommes à effacer), j'avais reçu un coup de téléphone de grand-maman Rose m'annonçant qu'elle rentrait dans quelques jours à peine.

— Mon ex-ambassadeur est tout à fait chou, mais je commence à avoir un sérieux mal du pays !

Puis elle avait ajouté :

— Tu t'es fait beaucoup de nouveaux amis disons… discrets ?

Mais avant que j'aie pu lui répondre, quelqu'un lui avait rappelé que le train partait dans dix minutes et qu'il fallait qu'elle raccroche.

Ce même soir (alors que j'entendais maman qui, après avoir carbonisé le souper, faisait beaucoup de bruit avec les casseroles), j'écrivis une longue lettre à Mireille :

Mireille,

Depuis hier, vingt-six fantômes cohabitent dans le grand aquarium dont je t'ai parlé, celui qui traînait au sous-sol depuis des années.

Quand j'ai demandé à maman la permission de le monter dans ma chambre, elle a hésité. Elle ne comprenait pas, avec raison d'ailleurs, ce que je voulais en faire. Pourquoi voudrais-je d'un aquarium alors que je n'avais jamais montré le moindre intérêt pour les poissons rouges ?

J'ai dû inventer.

« Tu as dû mentir », me corrigerais-tu. Ouais… Une fois de plus ! Je me présente : Jean-Stanislas Dubois, spécialiste en menteries de tous genres !

Je lui ai donc raconté : « Je veux construire un décor pour mes dinosaures. Un décor du crétacé. L'aquarium serait super ! Ce serait comme dans un musée. » Pendant quelques secondes, j'ai cru qu'elle refuserait, car elle est tellement grognonne ces temps-ci (papa aussi d'ailleurs). Mais elle a cru à mon histoire et m'a même aidé à le transporter dans ma chambre.

Aujourd'hui, mes vingt-six fantômes bleus cohabitent avec une douzaine de tricératops et de tyrannosaures. Ils vivent dans une forêt en plastique et en carton, dominée par un volcan qui menace à tout moment de cracher de la lave brûlante.

J'imagine que tu n'aimerais pas voir ça.

Pourtant, ce doit être amusant de passer ses journées avec des dinosaures, sachant fort bien qu'ils ne peuvent pas vous dévorer. D'ailleurs, la preuve : mes fantômes courent dans tous les sens ! Comment voudrais-tu qu'ils s'ennuient ?

Mais tu trouverais quelque chose à redire, n'est-ce pas ? Dommage…

Mon plus récent fantôme bleu, je l'ai découvert avant-hier dans l'église à côté de l'hôtel de ville.

Il s'agit du fantôme d'un vieux prêtre qui lit son bréviaire toute la journée.

Serait-il l'un de nos anciens curés ?

Tu devrais le voir, dans sa longue soutane noire, se promener entre les dinosaures, le dos un peu courbé. On voit ses lèvres bouger pendant qu'il fait ses prières. Il doit connaître son bréviaire par cœur, car parfois il le lit avec les yeux fermés.

Je ne lui ai pas donné de nom.

Tu diras sans doute qu'il devrait être facile de trouver son vrai nom dans les registres de l'église.

Oui, bien sûr.

Mais je ne remettrai plus les pieds dans cette église-là.

J'y ai vu quelque chose.

Alors que je descendais lentement la nef, mon précieux butin au fond de mon sac à dos et me dirigeant le plus discrètement possible vers les grandes portes – mais c'est difficile d'être discret dans un lieu aussi vaste où le moindre son, le moindre bruit de pas, est multiplié par dix –, j'ai vu quelque chose.

Du coin de l'œil seulement.

C'est arrivé très vite.

J'ai vu quelque chose glisser contre le mur de pierre grise à ma droite, s'arrêter une seconde sous l'une des stations du vieux chemin de croix, puis disparaître.

C'était rouge.

C'était d'un rouge effroyable. On aurait dit du sang lumineux.

J'ai eu des frissons, j'ai ressenti comme une nausée, mais dans ma tête plutôt que dans mon estomac, et j'ai eu très peur.

Non. Je ne retournerai pas dans cette église-là. Mon nouveau fantôme, je vais tout simplement l'appeler Monsieur le curé.

Je t'entends déjà : « Je t'avais prévenu ! »

J'aurais tant aimé que nous fassions la chasse aux fantômes ensemble.

Tu sais, je me demandais, hier, pendant que mademoiselle Élise et Simon roucoulaient comme d'habitude, si l'on pouvait voir des fantômes en ne regardant qu'à travers l'un des verres des lunettes Voisclair. Si nous n'avions pas eu notre... discussion, j'aurais pu dénicher une autre paire de vieilles lunettes au magasin d'antiquités sur la rue Principale. En m'y appliquant beaucoup, et avec soin, et méticuleusement, j'aurais peut-être pu arriver à y fixer l'un des verres. Ainsi, nous aurions eu deux paires de lunettes Voisclair! Nous aurions pu partir à la chasse ensemble, toi et moi!... Mais ce n'est plus possible. Dommage...

Tu te demandes pourquoi je te raconte tout ça alors que je sais très bien que ça t'horripile.

Parce que tu es la seule, à part grand-maman Rose, qui connaisse l'existence des fantômes. Et grand-maman Rose n'est jamais là. Et moi, je suis seul dans ma chambre. Je m'ennuie. Il fait toujours froid dans ma chambre. Et je suis triste. Souvent.

Crois-tu que nous pourrons un jour redevenir amis?

Ne me demande pas d'abandonner mes fantômes.

Ce serait comme si je te demandais de ne plus aimer le jaune.

J'espère encore.

Jean-Stanislas

▲ ▼ ▲

Mes parents ne m'ont pas demandé pourquoi nous nous étions brouillés, Mireille et moi. Ils ont sans doute d'autres chats à fouetter. (Je les entends d'ailleurs, de ma chambre. Ils discutent fort.)

Mais heureusement qu'ils ne m'ont rien demandé à propos de Mireille. J'aurais encore été obligé de mentir !

9

Un chapitre
sans titre

Ce matin, il fait beau, beaucoup trop beau. Le soleil est le seul maître du ciel. Des centaines d'oiseaux gazouillent, nichés dans les arbres qui y vont de leurs dernières couleurs.

Il me semble entendre un petit ruisseau qui fliqueflaque tout doucement. Je tourne la tête. Il m'énerve ! Où se cache-t-il, ce ruisseau trop joyeux ? Derrière le gros monument en granit rose, là, à gauche ? Derrière la grande haie de cèdre ? Ou un peu plus loin encore, parmi les arbres qui forment, entassés les uns sur les autres, grimpant sur le flanc de la montagne, une forêt sombre et fraîche ? S'il se cache si bien, ce damné ruisseau, comment puis-je donc malgré tout l'entendre clapoter ?

Devrais-je le chercher ? Devrais-je quitter discrètement le groupe et me glisser dans la forêt ? Personne ne remarquerait que je suis parti.

Dans cette forêt, je pourrais me perdre, oublier quelle heure il est, quel jour on est, pourquoi nous sommes partis, tous ensemble, dans une dizaine d'automobiles qui roulaient lentement, à la queue leu leu, en route vers le même endroit.

Je pourrais ne plus jamais revenir.

Ou du moins pas aujourd'hui, et surtout pas maintenant.

J'ai mal. Je ne sais plus comment l'on fait pour pleurer : en silence, doucement, avec des larmes qui glissent toutes seules, ou bien avec rage, avec bruit, avec des hoquets, des larmes brûlantes et de la morve. Je ne sais plus. J'ai trop pleuré déjà. De toutes les manières possibles.

Il fait trop beau, parce que nous sommes tous habillés en noir. Nous formons, tous les vingt et quelques, une masse noire au milieu de la nature qui bouillonne de couleurs. Vêtements noirs, visages blafards, yeux gonflés et cernés.

Puis, à côté de notre groupe, comme en retrait, cette chose laide que je ne veux pas voir.

Grand-maman Rose, je n'ai, ce matin, qu'une seule question à te poser : *pourquoi as-tu fait ça ?*

Oui, qu'est-ce qui t'a pris de faire ce damné voyage ? Qu'est-ce qui t'a pris de rester si longtemps là-bas ? Des semaines ! Car alors que tu t'amusais, que tu buvais du champagne et que tu mangeais du foie gras en compagnie de ton ex-ambassadeur, ne savais-tu pas que tu nous volais du temps ? Tu nous as volé des souvenirs. Tous les bons souvenirs. Tu ne nous as laissé que les mauvais, ceux d'après ton retour !

Maman porte une robe et un manteau noirs, une voilette comme dans l'ancien temps. Je vois à peine son visage. C'est très bien ainsi, il fait peur à voir : défait, ravagé, ce n'est plus celui qui, avant, me souriait si facilement, à tout bout de champ, sans raison. Papa se dresse à côté de maman, droit et fermé. Comme un monument. Son visage, je le vois très bien, mais je n'arrive pas à y lire quoi que ce soit. Et moi, ton « beau Jean-S. », je flotte dans mon complet trop grand, acheté à la va-vite.

Tu avais attrappé un microbe là-bas, disais-tu. Rien de grave. « Les microbes de là-bas font mauvais ménage avec les microbes d'ici. »

À peine débarquée de l'avion, après deux mois d'absence à faire la fête sans nous, voilà que tu t'enfermais dans une chambre d'hôpital et que tu te mettais à te transformer de jour en jour.

Non. Ce n'était pas qu'un microbe.

Les microbes ne font pas autant de dommages en aussi peu de temps.

Ils ne vous empêchent pas de boire ni de manger. Ils ne vous font pas maigrir jusqu'à vous rendre la peau grise et transparente. (Toi, tu as toujours eu la peau rose et lisse. « Une peau de bébé, disais-tu. Un vieux bébé, d'accord, mais un bébé quand même ! »)

Les microbes ne vous fauchent pas les jambes. Mais s'ils veulent faire les idiots, il existe des tas de remèdes pour les combattre ! Des pilules, des cachets, quelques cuillers de sirop et le tour est joué. Toi, à peine arrivée à l'hôpital, tu ne pouvais déjà plus marcher.

Parfois, je chausse mes lunettes Voisclair. Maman ne remarque rien. Papa non plus. Je mets mes lunettes quelques secondes au cas où tu me ferais signe.

Des nuages commencent lentement à s'installer, grugeant le ciel par le nord, de gros nuages aux crêtes brillantes et au ventre sombre.

Il y a des gens ici que je ne connais pas. Cousins, cousines, oncles et tantes que je n'ai pas revus depuis des années. Il y a aussi certaines de tes amies, même celles qui jugeaient insensées tes folies les

plus ordinaires et qui ne t'adres-
saient pas la parole un mois sur
deux.

Mireille n'est pas là. Je ne l'ai
pas invitée à nous accompagner,
même si maman a insisté. Parfois,
on se découvre un malin plaisir à se
faire mal.

J'ai su qu'il fallait que je craigne
le pire lorsque, à l'hôpital, tu ne m'as
plus reconnu. J'avais beau te tenir la
main, répéter « Grand-maman Rose,
c'est Jean-Stanislas… », tu me regardais avec un regard tourné vers
l'intérieur et des sourires qui s'adres-
saient à quelqu'un d'autre. Comment peut-on ne plus reconnaître
quelqu'un que l'on a tenu dans ses
bras si souvent ?

Les nuages ont envahi plus de la
moitié du ciel. Un vent glacial s'est
levé. Dans les arbres, les feuilles
ont perdu leurs couleurs criardes.

J'ai froid. Je ne comprends pas tout à fait ce que le prêtre marmonne, debout, près du monticule recouvert d'une toile verte. Il prononce ton nom à quelques reprises. Pourtant, il ne te connaissait pas.

Il fait sombre maintenant. On dirait le soir.

Une pluie fine, glaciale, se met à tomber. Je tremble sans pouvoir m'arrêter.

Puis je tourne la tête : maman n'est plus là, papa non plus. À gauche, à droite, derrière moi : plus personne. Le prêtre a disparu.

Tout à coup, je suis seul dans le vieux cimetière, sous la pluie, avec ces pierres tombales qui ressemblent à des dents cariées.

— Jean-Stanislas.

Je ne reconnais pas la voix qui a prononcé mon prénom.

— Jean-Stanislas.

Il n'y a personne.

— Jean-Stanislas !

Je te regarde dans les yeux – où donc étais-tu cachée ? –, mais mes larmes m'empêchent de te voir très clairement.

— Pourquoi nous as-tu quittés ? que je demande, la gorge nouée.

Malgré mes larmes, je remarque que tu portes un nouveau tailleur en lin. Tu l'as sans doute acheté en France à un prix fou. Tu vas avoir froid. Est-ce que la pluie tombe encore ? Ou sont-ce mes larmes qui embrouillent tout ?

— Jean-Stanislas Dubois !

Pourquoi crier si fort ? Tu ne peux pas crier, tu es…

Arrête de me secouer, grand-maman, arrête ! Arrête !…

▲ ▼ ▲

— Arrête ! hurlai-je, alors que grand-maman Rose réussissait enfin à me tirer de mon cauchemar.

— Qu'est-ce que vous avez tous, bon Dieu, dans cette maison ? lance-t-elle. Êtes-vous devenus fous ?

10

Leçon n° 5 :
Pourquoi l'on ne
doit JAMAIS
collectionner de
fantômes (peu
importe leur
couleur)

J'aurais voulu lui sauter au cou !

Oh, oui ! J'aurais voulu lui dire qu'elle était la grand-maman la plus chouette, la plus belle, la plus précieuse du monde, que je ne voulais plus qu'elle quitte la maison, pas même pour une minute, mais je n'y arrivais pas. Je pleurais trop fort, toutes les larmes de mon corps. Mon oreiller était trempé.

Grand-maman Rose se pencha sur moi et m'embrassa le front.

— Allons, allons, fit-elle.

— Tu n'es pas m-m-morte !

— Non, pas encore m-m-morte, comme tu dis.

Je réussis enfin à me calmer. Je reniflai un bon coup. Grand-maman Rose se redressa et croisa les bras.

—Qu'est-ce qui se passe ici ? demanda-t-elle.

—Mon cauchemar avait l'air si vrai, répondis-je.

—Les cauchemars ont toujours l'air plus authentiques que des rêves ordinaires. Voilà pourquoi ils font si peur.

—Tu vas bien ?

—En pleine forme ! Mais je ne peux pas en dire autant de vous trois.

Je m'assis dans mon lit. Je demandai :

—Que veux-tu dire ?

—Quand je suis arrivée, j'ai eu droit à toute une scène. Ta mère était pâle comme un drap. Ton père tournait en rond en grognant et en serrant les poings. Ils venaient de se disputer, aucun doute là-dessus.

Je secouai la tête.

— Mes parents ne se disputent jamais.

Puis j'ajoutai :

— Pas souvent.

Et j'avouai :

— Depuis quelques jours, il leur arrive d'avoir de petites prises de bec…

— Ton père a quitté la maison en claquant la porte.

J'hésitai. Je n'avais jamais vu papa s'emporter (pas même lorsque, à quatre ans, j'avais décoré à la gouache orange le tapis du séjour).

— Ta mère n'a jamais voulu m'expliquer, ajouta grand-maman Rose. J'ai à peine eu le temps de lui dire quelques mots qu'elle courait s'enfermer dans sa chambre.

Elle laissa échapper un long soupir.

—La maison est sens dessus dessous, dit-elle. Et pourtant ton père est un maniaque de la propreté, tu le sais bien. Il range sans cesse. Il époussette ce qui n'a pas besoin d'être époussetté. Mais aujourd'hui…

Grand-maman Rose avait raison. Je n'y avais pas porté attention jusque-là, mais maintenant qu'elle me le faisait remarquer… Que se passait-il donc ? Est-ce que je dormais encore ? Toute cette conversation n'était-elle qu'un cauchemar à l'intérieur d'un autre cauchemar ?

—En sortant du taxi, je suis tombée nez à nez avec la belle Mireille, dit grand-maman Rose doucement. Elle faisait les cent pas devant la maison.

Elle me regarda longuement, puis ajouta :

— Elle y est sans doute encore.

À mon tour, j'eus un long soupir.

— Mireille et moi, on s'est querellés, dis-je.

— Elle semblait catastrophée. Elle non plus n'a pas voulu m'expliquer…

Elle fit quelques pas dans la chambre.

— Belle bande de cachotiers, murmura-t-elle avec une grimace.

Elle frissonna.

— Demande à tes parents de mieux isoler ta chambre. C'est plein de courants d'air ici !

Elle passa à côté de l'aquarium, boutonna sa veste et releva son col. Elle s'arrêta devant ma table de travail couverte de livres et de cahiers : la veille, j'avais commencé les devoirs qui étaient dus le mardi suivant. Elle ramassa une feuille et lut :

— *Les animaux sontaient plus en armonie avec la mature avant l'arrivé de l'homme.* Jean-Stanislas Dubois ! Depuis quand écris-tu « sontaient » plutôt qu'« étaient » ? « Harmonie » prend un *h*. Et c'est « nature », pas « mature » ! Et « arrivée » prend un *e* à la fin. Non seulement ta phrase est déprimante, mais tu as fait quatre fautes en treize mots ! Qu'est-ce qui se passe ?

Je haussai les épaules. Je descendis du lit et m'approchai d'elle.

— Je n'ai pas eu le temps de me relire, expliquai-je.

Elle me tendit la feuille.

— Tu t'es servi de ton pied droit ou de ton pied gauche pour écrire ça ?

Oui, en effet, c'était mal écrit. C'était même très, *très* mal écrit.

Avec des lettres formées à la va-comme-je-te-pousse, des petites lettres, des moyennes, des grosses, et des ratures, et des trucs écrits dans les marges, à l'endroit, à l'envers, et enfin, des mots effacés avec tant de force que le papier en était percé par endroits.

—Difficile de faire plus brouillon que ça, fit grand-maman Rose en fronçant les sourcils. On dirait l'œuvre d'un enfant de six ans… enragé mauve!

Je bredouillai une explication qui ne me convainquait pas moi-même:

—Je couve peut-être un mauvais rhume…

Grand-maman Rose se tourna vers moi. Elle hésita, puis demanda:

—Tu dors bien, ces temps-ci?

Je secouai la tête.

—Des cauchemars?

—Euh… Oui… Souvent. Presque chaque nuit.

—Tu manges bien ?

—Je n'ai pas tellement d'appétit.

—Et ta mère ? Et ton père ?

—Je ne sais pas s'ils dorment bien, grand-maman.

—Tantôt, ils m'ont semblé à bout de nerfs.

Elle devint songeuse un instant, puis murmura :

—Et moi, mon beau Jean-S., depuis que j'ai mis les pieds dans cette maison, je sens vraiment le poids des années sur mes épaules. Mon ex-ambassadeur me manque terriblement. Je crains de ne plus jamais le revoir et, pourtant, je sais qu'il vient me rejoindre dans une semaine à peine… J'ai froid… Je me sens toute seule, abandonnée, vieille, usée.

Elle baissa les yeux, renifla. Allait-elle pleurer, elle aussi ?

Les secondes passèrent, lourdes, silencieuses.

Puis grand-maman Rose sur-sauta.

Elle jeta des coups d'œil à gauche et à droite, puis elle lança :

— Oh ! J'aurais dû m'en douter !

Elle me mit les mains sur les épaules et demanda :

— As-tu lu *Le Petit Expliquetout* jusqu'à la fin ?

Je restai bouche bée. Pourquoi grand-maman Rose me parlait-elle tout à coup du *Petit Expliquetout* ?

— Euh… pas tout à fait, répondis-je.

— Bien comme ta mère ! lança-t-elle avec un petit rire sec. Elle n'arrive jamais à lire un manuel d'instruction jusqu'à la fin. Ensuite,

elle se demande pourquoi ses élec-
troménagers la boudent !

Elle ferma les yeux, soupira.

— Tu n'as donc pas lu les mises
en garde ?

— Euh…

Je me sentais comme un cancre.
Il ne me manquait que le bonnet
d'âne.

Grand-maman Rose revint à
mon lit, attrapa son grand sac de
cuir, fouilla à l'intérieur et en sortit…
des lunettes identiques aux miennes !

— Tu as des lunettes Voisclair ?
demandai-je. Pourtant, j'avais cru
comprendre…

— Qu'il n'en existait qu'une
seule paire ? C'est ce que je croyais
moi aussi. Je n'ai pas encore eu le
temps de les essayer.

Elle chaussa les lunettes, atten-
dit un instant qu'elles s'adaptent à
son visage.

— Je les ai trouvées à mon retour de voyage, expliqua-t-elle. Sur ma table de cuisine. C'est probablement un abonnement à vie…

Elle se tourna lentement, poings sur les hanches.

Vous l'ai-je déjà mentionné, chers amis ? Je ne suis pas très grand pour mon âge. Mireille (qui me manquait, à cet instant précis, absolument, phénoménalement, *cruellement*) me dépasse d'ailleurs de quelques centimètres. La plupart de mes amis me dépassent d'une demi-tête et plus.

Ce matin-là, frissonnant dans mon pyjama, me sentant maintenant à la fois cancre et coupable, je rapetissais à vue d'œil.

Grand-maman Rose grogna.

— Jean-Stanislas Dubois ! *Qu'as-tu fait ?*

En une seconde, elle était devant l'aquarium.

— C'est une belle collection, tu ne trouves pas ? demandai-je d'une voix si frêle que je m'entendis à peine.

En une autre seconde, grand-maman Rose apparaissait à mes côtés, furieuse, et hurlait :

— ON NE COLLECTIONNE PAS LES FANTÔMES ! Jamais ! JAMAIS ! Les fantômes doivent demeurer en liberté !

— Mais les fantômes bleus sont les plus malheureux ! C'est ce que dit *Le Petit Expliquetout* ! Hanter le même endroit tous les jours et répéter les mêmes gestes sans cesse les rend malheureux ! Je les ai libérés !

— Tu n'y es pas du tout, Jean-S. Pas du tout ! Si tu avais lu jusqu'à la dernière page, tu aurais compris :

VÉRITÉ 150 : TOUS LES FANTÔMES
DÉTESTENT QU'ON LES ENFERME.
MAIS LES FANTÔMES BLEUS SONT
LES PLUS MALHEUREUX.

— Mais pourquoi donc *Le Petit Expliquetout* nous dit-il comment les capturer ?

— Mon garçon, il est écrit noir sur blanc qu'on peut capturer les fantômes, peu importe leur couleur, en cas d'urgence. Comme, par exemple, lorsqu'on doit leur trouver un nouvel endroit à hanter si le leur vient à être démoli. Ou s'ils font trop de bruit et qu'ils dérangent la maisonnée. Ou s'ils font peur à tout le monde. On peut aussi les capturer pour les étudier. Étudier l'univers des fantômes est fascinant. Toutefois, on n'en attrape qu'*un seul*, on l'étudie quelque temps, on prend des notes, on fait peut-être une expérience ou deux, rien qui puisse lui faire de mal, *puis… on… le… laisse… partir!*

Grand-maman Rose pointa du doigt mon aquarium (que, bizarrement, je ne trouvais plus maintenant si exceptionnel). Elle murmura :

— Ils sont malheureux comme les pierres, là-dedans.

Je baissai la tête.

— Mireille m'a dit la même chose, avouai-je.

— Tu aurais dû l'écouter.

Puis elle ajouta aussitôt, surprise :

— Alors, Mireille est au courant ? Tu lui as prêté tes lunettes Voisclair ? Elles fonctionnent pour elle aussi ? Ah ! le pouvoir de l'amour ! Étonnant !

Elle réfléchit. Sa colère semblait évanouie. Elle ferma les yeux et récita :

VÉRITÉ 167 : LA TRISTESSE DU FANTÔME ENFERMÉ CONTRE SON GRÉ DEVIENT LA TRISTESSE DE TOUS.

— Qu'est-ce que ça signifie ? demandai-je.

— Tes cauchemars à répétition, mon beau Jean-S., ce sont les fantômes... Ton manque d'appétit, les chagrins, tes parents qui se disputent pour un rien, la maison qu'ils laissent sens dessus dessous, le froid qui règne dans ta chambre... Un seul fantôme à qui l'on refuse trop longtemps sa liberté dégage une aura de tristesse qui affecte ceux qui l'entourent. Imagine alors...

— ... une collection de fantômes, complétai-je, l'air piteux.

Grand-maman Rose hocha la tête.

— Toute la maisonnée s'en ressent. Voilà à peine une demi-heure que je suis arrivée et, déjà, je ne vais plus très bien. Toutes sortes de pensées morbides se bousculent dans ma tête. Si ça continue, c'est le quartier au complet qui va sombrer dans la dépression !

Je m'approchai de l'aquarium. Sans mes lunettes Voisclair, je ne distinguais rien d'autre que mes dinosaures. Ils me semblaient tristes eux aussi.

Je savais quelle serait la réponse de grand-maman Rose, mais je posai quand même la question :

— Que dois-je faire ?

— À part t'habiller, courir rejoindre Mireille qui t'attend dehors, lui sauter au cou et lui dire « Pardonne-moi ! Pardonne-moi ! » ? Tu dois les libérer, ces pauvres fantômes, les libérer !

— Si je les libère… je ne les reverrai peut-être plus jamais…

—Si tu ne les libère pas, tu n'auras jamais la paix, tu ne souriras plus jamais.

J'allai chercher mes lunettes dans le tiroir de la table de chevet et les enfilai.

—Oh! fis-je en revenant. Comme ils sont pâles!

En une seule nuit, mes vingt-six fantômes avaient perdu près de la moitié de leur couleur. Le fond de l'aquarium était jonché de bouts de carton noir.

—Ils n'ont rien mangé!

Grand-maman Rose hocha la tête.

—Ils dépérissent à vue d'œil, dit-elle.

Je pris une grande respiration.

—C'est décidé! lançai-je en enlevant mes lunettes et les glissant dans la poche de ma veste de pyjama.

— Tu les libères ?

— Non.

J'ai cru que grand-maman allait s'évanouir.

— Mais, mon petit Jean-S., je t'ai expliqué…

— Oui, mais tu m'as aussi dit autre chose.

— Quoi d'autre ?

— Tu m'as dit de m'habiller, de courir rejoindre Mireille qui m'attend dehors, de lui sauter au cou et de lui dire « Pardonne-moi ! Pardonne-moi ! »

J'enfilai mon peignoir qui traînait par terre (et je songeai qu'il faudrait un jour que je range mes choses).

— Si elle me pardonne, m'écriai-je en dévalant l'escalier, nous allons les libérer ensemble !

Épilogue

Croyez-vous aux fantômes, maintenant?

Les retrouvailles de maman et de papa furent émouvantes. D'autant plus émouvantes (et, du coup, amusantes) qu'ils ne se rappelaient de presque rien.

— Pourquoi nous sommes-nous disputés ainsi ? demanda papa, alors que maman se nichait dans ses bras.

— Nous sommes-nous vraiment disputés ? demanda maman en le serrant bien fort.

— Il me semble que tu étais triste à mourir.

— J'ai un vague souvenir que tu rageais à propos de quelque chose,

mais je n'arrive pas à me souvenir…

— Ce doit être la faute de l'automne…

— …`Qui n'en finit plus d'être
tristounet.

— Heureusement que tu es là.

— Je ne pourrais pas vivre sans
toi.

Chers amis, je suis un peu trop
jeune pour vous raconter la suite.

▲ ▼ ▲

— Je t'ai composé une chanson,
dis-je en rougissant comme une
pivoine.

— Pour moi toute seule ? fit
Mireille avec un grand sourire…
indescriptible.

— Ben… pour moi aussi, j'imagine, parce que ça me fait penser
à toi.

— Chante-la-moi !

Je pris ma guitare, la branchai dans l'ampli, m'installai au centre de ma chambre, fermai les yeux et plaquai un accord qui fit trembler la pièce.

Je chantai :

> *Des cheveux blonds*
> *comme le soleil en été*
> *Des yeux verts comme la mer*
> *en automne*
> *Des dents blanches comme la neige*
> *en hiver*
> *Une peau rose comme le ciel*
> *au printemps*
> *Mireille, cette chanson est pour toi !*

Mireille me regardait, les larmes aux yeux, comme si j'étais un dieu du rock'n'roll. Hum ! Ça ne me déplaisait pas. Et ça venait me récompenser pour toutes ces heures que j'avais passées, doigts écorchés, parents prêts à appeler la police, à réapprivoiser cette guitare abandonnée pendant quelques semaines. J'en étais enfin, à quelques jours de Noël, à quatre, oui, je dis bien, *quatre* accords !

Mireille se mit à rire.

— Tu aurais dû voir Hippolyte ! dit-elle. Il a dansé tout le long de ta chanson !

Eh ! Eh ! Vous vous demandez ce que vient faire Hippolyte dans cet épilogue, n'est-ce pas, chers amis ?

Nous avons maintenant, Mireille et moi, un nouvel ami chacun.

Pour Mireille : un petit garçon prêt pour la plage, qui s'appelle Hubert.

Et pour moi : Hippolyte !

Laissez-moi vous raconter…

▲ ▼ ▲

Chaque fois que Mireille et moi retirions l'une des ficelles, le fantôme qu'elle avait retenu prisonnier s'échappait de l'aquarium. Il reprenait tout doucement sa taille initiale, regardait autour de lui, faisait quelques fois le tour de la pièce, puis… disparaissait.

Le dernier fut Hippolyte. Flottant au-dessus de l'aquarium, il me regarda longuement.

— Il me sourit, fis-je d'une voix étranglée. C'est la première fois !

Grand-maman Rose, qui avait prêté ses lunettes à Mireille et ne voyait rien de tout cela, expliqua :

— Habituellement, les fantômes ne recherchent pas notre compagnie. Ils ont terminé leur vie et sont passés à autre chose. La plupart du temps, ils nous ignorent. Certains ne savent même pas que nous existons ! Ils circulent dans un monde bien à eux où nous ne sommes probablement que des ombres. Mais il arrive parfois qu'il puisse se développer un rapport entre un fantôme et un vivant. Comme cette chère Hermine à qui je rends visite deux fois par semaine au centre commercial…

— Au centre commercial ? dis-je. Qu'est-ce qu'un fantôme fait au centre commercial ?

— Elle a toujours adoré courir les soldes ! Je la retrouve habituellement chez Bonprixbelleschoses, au rayon des dessous féminins. Il paraît qu'elle était très coquette… et coquine, de son vivant !

Hippolyte disparut à son tour.

Et je sentis un grand vide à l'intérieur.

De la tristesse, oui, mais pas la même qu'avant.

Il ne faisait plus froid dans ma chambre.

Et Mireille se serrait tout contre moi.

▲ ▼ ▲

—Hippolyte est revenu dans la classe ! m'annonça Mireille, un soir.

Elle m'apportait mes devoirs et mes leçons, car j'étais au lit depuis trois jours, victime innocente d'une grippe sans pitié.

—Et il se lance par la fenêtre à toutes les dix minutes ! ajouta-t-elle.

—Comme avant ?

—Oui, mais il y a une différence : chaque fois, avant de sauter dans le vide, il fait un petit détour, il s'approche de ton pupitre et s'y arrête quelques secondes. On dirait qu'il cherche à te revoir.

Mireille s'installa à côté de moi dans le lit. J'avais peur qu'elle attrape ma grippe, mais je ne voulais surtout pas lui demander de s'asseoir ailleurs.

—En revenant de l'école, j'ai moi aussi fait un petit détour, dit-elle. Par la rue Principale. Il y avait une foule de… fantômes.

Elle se tut un instant, puis dit:

—Dont le petit garçon qui rêve toujours d'aller à la plage.

Elle me tendit la boîte de papiers mouchoirs afin que je me mouche, puis me murmura à l'oreille:

—Jean-Stanislas de mon cœur, j'ai un plan. Et je crois que ce plan, tu vas *l'a-do-rer*!

▲ ▼ ▲

Je ne vous ferai pas attendre plus longtemps. Voici ce qui est arrivé.

Dès le surlendemain, samedi, alors que mes virus avaient enfin décidé d'aller faire leur sale boulot ailleurs, Mireille et moi sommes partis en expédition : sac à dos, pots de verre, poussière, sel, *Le Petit Expliquetout* et nos lunettes Voisclair (grand-maman Rose a offert les siennes à Mireille, devinant qu'une nouvelle paire l'attendrait à son retour chez elle).

Premier arrêt : la cour de récréation de l'école Soleil du Millénaire.

Nous sommes arrivés alors qu'Hippolyte plongeait dans l'asphalte.

En nous voyant accourir, il demeura suspendu quelques secondes, nous regarda, nous fit un grand signe de la main… et s'enfonça dans le sol.

—Il m'a reconnu! m'écriai-je de joie (ce qui me donna droit à un baiser retentissant de Mireille).

—Préparons-nous, fit-elle. Il va revenir dans une dizaine de minutes.

Lorsqu'il revint, nous l'attendions. En deux temps, trois mouvements, il tournoyait dans son pot.

Deuxième arrêt: rue Principale. Où, en effet, il y avait une foule… fantômatique. Des tas de spectres que nous connaissions, mais d'autres aussi, bleus également, qui circulaient dans tous les sens.

—Ils sont nouveaux dans le quartier, commentai-je.

Nous avons sursauté quand un camion fantôme, tiré par des chevaux fantômes, avec plein de pompiers fantômes, surgit du centre de la rue et plongea à bride abattue à travers la façade d'un des commerces.

—Étonnant, fit Mireille, qui ne savait que dire. Étonnant…

Le petit garçon nous attendait.

En vérité, c'était Mireille qu'il attendait.

Dès qu'elle ouvrit le pot de verre au fond duquel elle avait déjà déposé le sel et la poussière, le petit garçon sauta à l'intérieur.

—Mon plan fonctionne ! fit Mireille.

Elle se tourna vers moi. Une larme coulait sur sa joue.

—Tu as du noir ? demanda-t-elle.

—Tout le noir qu'il nous faut et même plus, répondis-je (en lui embrassant le plus tendrement possible la joue afin de stopper la larme dans sa course).

▲ ▼ ▲

Voilà pourquoi Hippolyte habite, ou hante, comme vous voudrez, ma chambre.

Il a tout le noir qu'il lui faut. Il commence même à prendre un peu de poids, il me semble.

Je lui ai fabriqué un petit nid douillet au fond de ma chambre, derrière un empilage de robots qui le garde des regards indiscrets – maman ou papa, au cas où il leur viendrait en tête de monter faire le ménage ici.

Plus besoin de pot de verre. J'ai fabriqué à Hippolyte un petit nid tout bleu à l'aide d'une grande pièce de soie bleue que grand-maman Rose m'a donnée (elle l'avait achetée à Paris et comptait s'en confectionner une blouse, mais lorsque je lui ai parlé de mon nouveau locataire, elle me l'a aussitôt tendue en disant: «Je savais que tu comprendrais!»).

Il a plein de poussière tout autour pour son confort, de petits tas de sel pour le garder jeune et en santé. Et plein de noir à bouffer : des bouts de carton noir, des morceaux de plastique noir, même de vieux stylo-feutre noirs qui ne fonctionnent plus.

Mais pas de ficelle. Ah, non ! Plus besoin de pot et plus besoin de ficelle non plus !

Hippolyte hante ma chambre. Il la hante… en ami, ce qui ne rend personne triste. Et il ne fait pas plus froid ici qu'ailleurs. Il hante ma chambre avec le sourire. Il s'amuse à traverser mes bibliothèques comme si elles n'existaient pas. Il se tient debout sur mon lit et s'y enfonce comme s'il s'agissait de sables mouvants. Il danse quand je joue de la guitare (mais parfois aussi, il se bouche les oreilles !).

Bon, d'accord, il n'a pas perdu sa mauvaise habitude de sauter par les fenêtres, mais il ne le fait plus à longueur de journée.

— Hubert a trouvé du sable fantôme, m'a dit Mireille, ce matin, au téléphone. Il construit des châteaux maintenant !

Le petit Hubert (il semble heureux du prénom que mon amie lui a donné) demeure au fond de l'immense garde-robe de Mireille. Ça évite qu'on découvre les tas de poussière et de sel.

— J'ai toujours voulu avoir un petit frère, m'a dit Mireille. Et je jurerais qu'il a toujours voulu avoir une grande sœur. Voilà pourquoi il m'a choisie, je crois.

Avant de s'endormir, le soir, elle lui lit à voix très basse des contes que ses parents lui ont lus lorsqu'elle était toute petite… mais

Hubert ne dort jamais vraiment tout à fait.

▲ ▼ ▲

Hier, à la météo, on annonçait froid mais ensoleillé.

Nous avons été faire une petite promenade dans le parc, Mireille et moi.

Avec Hippolyte et Hubert.

Nous les transportions dans nos sacs à dos et les avons libérés pour qu'ils s'amusent dans la neige.

—Oh ! As-tu remarqué, Jean-Stanislas ? (baiser)

—Quoi donc ? (baiser)

—Dans la lumière (baiser), regarde ! Hippolyte et Hubert (baiser), ils semblent un peu… dorés !

—Ils sont heureux. Ils absorbent la lumière du soleil… En rentrant, je vais ajouter une nouvelle

vérité au *Petit Expliquetout*, quelque chose que grand-maman Rose ne sait peut-être même pas : les fantômes bleus, lorsqu'ils ne sont plus malheureux, virent au doré, c'est juré ! (*baiser, baiser*)

Un peu plus tard, alors que nous nous promenions main dans la main, nous avons dressé la liste des fantômes que, dans les mois suivants, nous voulions découvrir et étudier :

- les fantômes verts (même s'ils grognent tout le temps) ;
- les fantômes blancs (pourquoi ne sont-ils pas des anges ?) ;
- les Tapageurs et les Frappeurs (n'ont-ils pas de couleurs, ceux-là ? bizarre…).

Vous aurez deviné, chers amis, que nous ne chercherons pas à rencontrer de fantômes rouges. Nous les éviterons à tout prix.

À moins, bien sûr, qu'ils ne nous apparaissent soudain dans une vieille maison hantée.

Que ferons-nous alors ?

Nous prendrons nos jambes à notre cou et nous nous mettrons à courir comme des dingues !

Pour en savoir plus sur
l'auteur et ses livres :
www.rogerdesroches.com